牧星女

郑一丹◎著

远方出版社

图书在版编目(CIP)数据

牧星女 / 郑一丹著 . -- 呼和浩特： 远方出版社，2020.11

ISBN 978-7-5555-1504-3

Ⅰ.①牧… Ⅱ.①郑… Ⅲ.①长篇小说–中国–当代 Ⅳ.① I247.5

中国版本图书馆 CIP 数据核字 (2020) 第 203686 号

牧星女
MU XING NÜ

著　　者	郑一丹
责任编辑	王　叶
责任校对	王　叶
封面设计	李鸣真
版式设计	韩　芳
出版发行	远方出版社
社　　址	呼和浩特市乌兰察布东路 666 号　邮编 010010
电　　话	（0471）2236473 总编室　2236460 发行部
经　　销	新华书店
印　　刷	内蒙古爱信达教育印务有限责任公司
开　　本	155mm×225mm　1/16
字　　数	185 千
印　　张	15
版　　次	2020 年 11 月第 1 版
印　　次	2020 年 12 月第 1 次印刷
标准书号	ISBN 978-7-5555-1504-3
定　　价	45.00 元

如发现印装质量问题，请与出版社联系调换

目录

第一章　花季童年　　　/ 2

第二章　好友重逢　　　/ 9

第三章　开学典礼　　　/ 17

第四章　初识云峥　　　/ 21

第五章　与离潋树敌　　/ 25

第六章　触犯校规　　　/ 32

第七章　再入鬼族探险　/ 37

第八章　万年大考　　　/ 48

第九章　结伴出游　　　/ 53

第十章　赤族偶遇离奇事件　/ 58

第十一章　念奴出嫁　　/ 64

第十二章　扳倒劲敌　　/ 69

第十三章　封神大典　　/ 75

第十四章　大婚背后　　/ 79

第十五章　星族被灭　　/ 92

牧星女

第十六章　重生入岐族	/ 99
第十七章　岐族被灭	/ 125
第十八章　偶遇楚析	/ 135
第十九章　旧忆重现	/ 146
第二十章　偶入玄宫	/ 155
第二十一章　旧人重识	/ 160
第二十二章　入朝称相	/ 168
第二十三章　玄族被灭	/ 184
第二十四章　真实身份	/ 192
第二十五章　劝说赤族	/ 201
第二十六章　物是人非	/ 208
第二十七章　赤族内部政变	/ 211
第二十八章　柳暗花明	/ 222
第二十九章　错因错果	/ 229

前记

我不知道自己究竟生来是何人,死后又归往何处。

我看着自己的身体一点儿一点儿地化为透明的血水飘散于空中,继而又和着烟雨悄然而落。我不明白地上的那些人在痛苦地嘶吼着什么,因为隔着结界,整个世界寂寥无声。

遥远处的桃花在夕阳里簌簌纷飞,仿若在流光里荡漾开的一个个美丽的梦。

这里,何来的桃花?

我想。

第一章 花季童年

话说自盘古开天辟地以来,阳清上升为天,阴浊下沉为地,万物历经阴阳滋养,逐渐繁衍开来,形成九族,其中龙族与天、星二族一直因统领九重天上的神界而战乱不断。之后,龙族因统治者太过残暴而逐渐失去民心,天、星二族占领神界虽已超过万亿年,龙族却还是他们统治七界的心头大患。

九霄之上,天、星二族各自掌管着白昼与夜晚。天族有一位长子,星族有三位公主,所以神王理所应当是天族的长太子,神后则要从星族的三位公主中挑选品相上佳之人来继任。

星族的三位公主中,大公主青梦不但高贵典雅而且精通法卷,博晓神理;二公主念奴机智聪敏,虽不像姐姐拥有倾国之貌,却也是风姿绰约,而且多了几许明媚娇艳;至于三公主,还仅仅是一个神龄只有五千岁的孩童,她每天主要的任务除了逃课、捉弄神教,就是骑着大象在夜空之中放养群星。

七界之中的九族之间有一个不成文的规定,就是在他们的子嗣到五千岁的时候，都要被送去神校学习仙法和仙术，否则就会如同凡人一般资质平庸，甚至连最起码的驾云飞行也无法做到。

当然，大部分小殿下是不愿意去神校上学的，因为这在某种程度上意味着他们饭来张口、衣来伸手的生活就要走到尽头了。未来，他们要学会运用法术来满足自己的一切所需，而且神校是七界法校中最出名的，不仅因为它的弟子们都来自名门望族，还因为这里出了名的严格，小殿下们在入校五千年之后会面临一次大考，而这次大考将决定着未来九族继承人的身份。

但是星女似乎是个例外，她不仅没有垂头丧气，反而还十分兴高采烈，天天围着念奴问东问西的。不过她可不是因为热爱学习，而是想到自己马上就要见到她那帮狐朋狗友了，所以感到格外开心。

星女正这样想着，寝殿外传来几声鬼叫："星儿，星儿。"

星女听到熟悉的声音，立刻从床上跳了起来，趴在寝殿窗口向外观望。寝殿的后窗种着很多漂亮的韦陀花，在皎白的月色下显得格外温婉柔美。

这片花海是青梦和念奴在妹妹星儿三千岁生辰时种下的。韦陀花是星族的族花，由于它只会在夜间绽放，所以九重天上一般能看到这样花海盛景的也只能在星族的领域。而青梦和念奴之所以把花种在星女寝殿的后窗外，一来是希望妹妹在学习疲倦之时，抬起头就可以看到窗外的花海，从而放松一下心情；二来她们希望星女长大后也能够如这韦陀花一般含明隐迹、玉软花柔。

可惜这世间万物并不是事事都能如意的，星女虽然长得秀丽人，但是性子却十分的怪异。

话说星女探出头望去，只见花海中一片寂静，并没有什么人影，她略感失望地坐回座位上，拿起法卷继续念了起来。

突然，脑袋不知道被什么东西砸了一下，星女刚想站起身来发火，只见一个白衣服的影子瞬间从花丛中飘了过去。

星女一下子吓得呆在原地。她听老一辈的神仆讲过，有花的地方最容易有花精。这些花精们最爱没有修炼过法术的小仙子们，因为他们不但不会保护自己，而且肉质十分鲜美。

"妈呀！"

星女大叫一声，转身跑向寝殿中的圆柱旁，三下五除二就爬上了飘浮在半空中的软塌——星宫中人的床铺一般都是飘浮在大殿之中的，但是对于小殿下这种还未练习过法术的，就只能顺着柱子爬上爬下了。

星女一头扎在云被里面，浑身瑟瑟发抖。

这时，卫白和书瑶从花丛里面钻出来，接着从窗户上跳进来，顺着柱子爬上了星女的云床。

"是小星子吗？"卫白捏着嗓子，阴阳怪气地说道。

"看不见我，看不见我……"星女自言自语道，屁股如同簸糠一般抖动着。

书瑶笑着拍了拍卫白，示意他别再吓星女了。大家都知道星女胆子小，但是卫白经常拿这一点来吓唬她，这就显得有些不地道了。

"是我们。"书瑶一脸无奈地看着星女，再拽拽她的衣服，缓缓地说道，"今天是我们入校之前去水仙殿休宁的日子，你忘记啦？"

星女一听，气急了，一把将卫白从云床上推了下去。虽然云床在半空中飘浮着，但是即使跌落下来，下面也是厚厚的云朵，一朵云及时地飘过来，一把将卫白稳稳地接住了。

"吓死我了！吓死我了！你手劲儿可真够大的，我这娇弱的身子可受不了你啊！"

卫白一边拍着胸脯，一边看着星女和书瑶从柱子上面滑下来。

星女走到窗前，顺口吃了两个银盘中的蜜饯，便和书瑶、卫白一起走出了寝殿。

今天，他们正好满五千岁了，按照规定，他们这些七界中最尊贵的小嫡子们要被送到神校去学习，但是在这之前他们需要接受圣水的洗礼，而事实上这并没什么特别的作用，不过是族内的长辈对自家孩儿的一种期许罢了。

三个人打打闹闹地走了出去，只见洛儿早已站在远处等候着他们。

见几位小殿下来了，洛儿便笑眯眯地转身拨开身边的群星，带着他们向水仙殿走去。星女轻轻地伸开手，那凉凉的星子就落在了她的手上。突然她灵机一动，向着空中比画了几下，那群星星便十分听话地在空中组成了一幅美女的图样。她得意地向身后的两个人笑了笑。

"怎么样？我还没去神校都已经这样了，我去了神校恐怕就无敌了。"

卫白和书瑶的脸上露出佩服的神色，不约而同地点了点头。

星女笑了笑，转身冲那些星子使了一个眼色，星子们立刻接收到她的信号，集聚在一起，变成了一个银光闪闪的挂在天上的秋千。三个人嘻嘻哈哈地坐了上去，玩得不亦乐乎。洛儿轻声喊了他们几遍都没有人回应，她略微无奈地笑了笑，口中默念法术，施法让那些顽劣的星子们退去。

星女不禁佩服得五体投地，她一个劲儿地问洛儿是怎么做到的。洛儿蹲下来，捏了捏她的小脸说道："等你们几个从神校回来，自然就可以做到了。"

不知道走了多久的路，星子渐渐地稀薄起来，最后竟然一颗都找不到了。星女一抬头，只见远处的云端上面矗立着一座透明的宫殿。

"是这儿吗？"星女不敢再往前走一步，虽然自己脚下是厚厚实实的云，可是再往前走几步就是空荡荡的深空。

她口中所谓的水仙殿，仅仅是在一片夜空上飘散着的几朵零星的云。

"啊！不要！这会掉下去的。"星女惊恐地喊道。

"公主站上去即可。"一旁的洛儿说道。

星女向前迈了一步，又退后了一步，摇了摇头说："你们神怎么这么麻烦，我不洗了。"

洛儿笑了，一转身飞了起来，白绸裙子在夜空中显得格外清丽。只见她轻踏过的那些云朵下喷出带有光亮的水花，温和的橘色光线照亮了夜空，四周的水缓缓升起，形成了一座巨大的水晶宫殿。

"哇！"

星女惊讶地看着这一切。

"公主，您来吧。"洛儿说着，便轻飘飘地从那几朵云上飞了下来。

"还是不要了。"星女推脱着，"透明的，我怕会被那些星仆们看到。"

洛儿笑了笑，说道："公主，这宫殿中只有你可以看到她们，她们是完全看不到你的。不仅如此，她们还可以直接在不知情的情况下穿过这座宫殿，不信您试试？"

"真的吗？"星女看着洛儿一脸肯定的表情，半信半疑地向前迈了一步。

"啊！"星女发出一声尖叫，就从云端掉了下去，谁知另一片云却向她飞来，稳稳地托起了她。

见状，洛儿笑得有些合不拢嘴。

"小殿下，飞起来啊！"

"怎么飞啊？"星女带着哭腔问道。

"想怎么飞就怎么飞。"

星女开始学着洛儿的样子，果然，一挥手她就飞过了头上的云端。她坐在上面，发光的水又温暖地从云朵下面流了出来，水晶宫慢慢地筑起了围墙。她躺在温暖的云海里，望着宫殿外无垠的星空。

"那我洗完了，云变黑了怎么办？"

星女实在不忍心自己把这轻盈洁白的云朵给污染了，就冲着透明宫墙外的洛儿问道。虽然她离她很远，但是她们仍旧可以不费力气地交谈。

"殿下不必担心，殿下是神，本就脱离那些凡埃，凡人沐浴是净身，而我们是修宁，我们自然也就不会将其污染了。"

"啊，那每次都用这云水啊？"

"自然不是，我们会将它化为七界雨露滋养万物。"

"七、七界、的雨？"

星女突然想起自己和书瑶两个人在赤族张着大嘴哇哇喝雨的样子，不由得觉得胃里不舒服起来。

"对啊,小殿下,有什么问题吗?"
"噢,噢,没有。"

第二章　好友重逢

因为赤族离神校较远，所以赤王和王后早早地就将书瑶送了过来。星女、卫白和书瑶从小一起长大，当听到书瑶要来的时候，星女和卫白两个人别提有多高兴了，但是星女表面上却装作一副无所谓的样子。因为她实在是了解她的两个姐姐，如果自己表现得太高兴，她们一定会心里起疑，所以听到这个消息之后，星女只是淡淡地应了一声，随后又继续看起了手中的书。

青梦和念奴一看妹妹的情绪这么平静，便同意书瑶来星宫住一段时间。但是如果她们看到星女此时在寝殿中的样子，相信她们一定会后悔自己当初的决定。

寝殿里早早就熄了灯，星仆们见三公主睡去，也都纷纷离开了。殿内，星女蒙着被子抱着云柱，刺溜一下就滑了下来。她跌在门上，见几个管事的星仆都走了，便用脚踢了几下地上裹着云被的卫白。卫白哼了几下，星女见他没什么反应，便又爬上云柱，轻轻地拍了拍书瑶。

"走了，他们走了。"星女小声地说道，转身又滑下了云柱，端起书桌上面的蜜饯，爬上了云床。

书瑶缓慢地爬起来，卫白却仍旧躺在云地上熟睡。

"起来，你给我起来！"星女拧着卫白的耳朵，大声地喊道。

"哎呀，我实在是太倦了，我想回寝殿内休息了。"

"快点儿！快点儿给我讲你上次说的鬼故事。"星女蒙在被子里面，把银盘中的蜜饯分了些给书瑶。

卫白伸了个懒腰，打了个哈欠，开始娓娓道来。

三个人也不知道说了多久，只记得卫白最后没有什么故事了，便开始胡编乱造起来，然后还把自己代入故事里面成了某个大英雄。星女觉得十分枯燥，便让卫白闭嘴，此时三个人大眼瞪小眼，睡意全无。

"你说，如果我们能在进入神校之前就去鬼林绕一圈，那我们开学后岂不就是万人崇拜了？"

星女突然冷不防说出来的话，却着实把卫白吓了一跳。

"得了，你别开玩笑了！那鬼林是我们想进去就进得去的吗？"

"怕什么？我久居神界，身上自然有些神气鬼怪是近不了身的；书瑶那么美丽，那些鬼怪都会不舍得动她的；你又这么见多识广，还知道海里的很多事情，肯定也知道他们的弱点，我们几个人单独去一趟，绝对能轰动整个神校，你信不信？"

"我哪里知道什么海里的故事啊？我都是编的……"卫白小声地嘟囔道。

"啊？"

"噢，没什么，想去就去呗。"

"那些鬼怪不饿的时候，本就没什么恐怖的。"

三个人就这样凭借着卫白之前的记忆和一股初生牛犊不怕虎的勇气找到了鬼族。

"到了。"卫白指着一片空地说道。

三个人站在空地周围，只见四周都是千年的老树，偶尔有夜风吹过，几只受惊的鸟儿便腾空飞起。

"好恐怖啊！"星女故作夸张地说道。

"我说卫白，你给我们讲的故事还真的是编的啊？这哪里有什么鬼族嘛！"书瑶噘起嘴，不满地说道。

"那可能是我记错了。"卫白不好意思地挠了挠后脑勺。

"无聊，本来还想着找点儿乐子呢。"

星女觉得没意思，拉起书瑶的手准备往回走。

"哎，不是，你们等等我啊！"

卫白见星女和书瑶打算离开，便急忙向她们叫道，生怕她们丢下自己。要知道他们三个人可不会法术，甚至连驾云都只能飞一小段就会从云上掉落下来，如果不是星女这次拿了星灵，他们三个连神界的大门都出不来，更别说来鬼族探险了。如果她们真的生气把自己丢下，那他可就真的回不去了。

正说着，只听后面传来一句话，轻飘飘地落在了耳畔。

"何人喧哗？"

听声音，应该是一位极其温柔的女子。

星女转过身，只见一阵风直冲自己飞来。细细一看，竟然是一张巨大的绝美妖艳的人脸，她笑着从他们身上穿过，好看的眉眼挑起来，斜眼看着他们三个。风吹过的地方瞬间出现了一条华丽的街道，上面的那些人愣了大约两秒，就迅速如同睡醒一般开始摆弄起手上的活计。

星女拉着书瑶的手，十分惊奇地看着这一幕，只见三个人原来所站的空地已经变成了一座精致的小桥。

星女愣愣地走下了桥。周围卖什么的都有，不过那些人的长相和七界其他族里的人十分的不同，不论男子还是女子，妆容都十分艳丽，但是个个又都面无表情。

那些人也并不张口叫卖，只低头忙碌地干着自己手里的活计。

星女他们三个像是被打了药水一般迷迷糊糊地行走在他们之间。那些人，不，那些鬼，从她的身上穿过就像一阵风一般。

无人叫卖，那些人也只是走到哪儿就吃到哪儿，那些摊主们也不管他们要钱，像上了发条一般一个劲儿地忙着手里的活计。

"姑娘。"突然间，面前有一个巨大的怪人弯下腰来。

"啊？"星女这才回过神来，"你看得见我？"

那个人并没有直接回答她的问题，只是用十分低沉的语气问道："你要不要买我的马？"

星女向他身后看去，只见一只长着犄角的小象也正歪着头看向她。

"它不是马，是象。"

那个人仿佛并没有听进去她的话，只是又问了一句："你要不要买我的马？"

"可，可是我没有钱。"

那个人见星女同意了，没有再说话，将自己手中的绳子放在了她的手里，然后将她头上那个雪白的玉簪子取了下来，一言不发地离开了。

星女还没有反应过来，那个人便已经没有了踪影。

刚想起什么，星女一回头，发现书瑶和卫白早就不知道去了哪里。

她拼命地叫着，但是周围的人就像没有听见一样，无人回应，都在低着头，默默地做着自己手中的事情。

"卫白、书瑶，你们到哪里去了啊？"

星女终于走不动了，便在街角的一家店的门口坐下来，痛哭起来。

周围有很多人，但是仍旧没有人理她，纷纷从她的身上穿了过去。

突然间，在路的中间，有一顶破旧的红色轿子停了下来。轿子的轿帘被撩了起来，出现了一位十分美艳的女子，她一边笑眯眯地看着星女，一边吧嗒吧嗒地抽着手里的烟斗。

星女不由得觉得好奇，因为周围的人都在低着头干自己的事情，仿佛没有什么人在意她。

星女站了起来，牵着小象不由自主地朝那个轿撵走去。

轿子仿佛已经很古老了，红色的布料上面油腻腻的，星女心里其实是不愿意靠近的，但是不知道为什么还是莫名其妙地走了过去。

那个美艳的女人见她走到了轿子外面，磕了磕手中的烟灰，用手捏了捏她的脸。

星女这时才看清那个女人的面容，原来她竟半面是娇艳的女子，半面是已经枯老的容颜。

"小小年纪，竟然生得这样貌美，怪不得他要为你付出永生哩！"

说罢，那女人转身便从轿内掏出了一碗黑乎乎的汤。

"喏，喝掉吧。"

"这是什么？我不喝。"星女略微有点儿嫌弃地说道。

那女人一愣，半张年轻的脸上露出了笑容，半张枯槁的脸上流下了眼泪。

"你不喝，难道你是要选择死吗？"

星女没有被她的话吓到，正打算离开，却不知道被什么东西按住了。

那女人本来有些生气，看见她那副有些倔强的模样，突然间笑了起来。

"怕是这汤的颜色有些不好看？"

她一边说着，一边用长长的指甲在那个破碗里面使劲地搅了两下，浓浓的黑汤瞬间变成了一碗清水。

"没时间给你浪费，喂她喝下！"她仿佛是在对她左右两边的空气说道。

刚说完，那碗便腾空而起，左右两边仿佛有股莫名的力量逼着星女喝了下去。

那女人见星女喝完了碗中的清水，得意地笑出了声，然后上下打量了她一眼，又吧嗒吧嗒地抽了两口烟，说了一句："小妮子样子不错，脾气倒倔得很哩。"

说完，那女人便将轿帘放了下来，一道红色的光瞬间离开了那熙攘的路口。

轿子一消失，星女便突然看见路的对面有两个熟悉的身影。

"书瑶，书瑶！卫白！"

星女激动地冲他们招手，却没有人理会她。

"书瑶。"

星女走了过去，拉住他们，拍了拍两个人的肩膀，但那两个人却并没有什么回应。

"这个地方原是不该我们来的地方，我们还是快些离开吧。"

星女着急地就拉着两个人走，却发现明明那座他们刚来的桥就近在咫尺，他们却是无论怎样都绕不出那片地方。

"我们走不出去了，怎么办？"星女抱着胳膊在街边蹲了下来。

然而，此时的书瑶和卫白仿佛被抽掉了灵魂一般，飘浮在星女的旁边。她的身边除了那只小象，仿佛就没有什么活物了。

星女感觉十分无助，突然间远处传来了几声鸡鸣。那些街道就如同墨水被水冲淡一般，开始向西方退去。星女站起来，怔怔地望着这一切，只见书瑶和卫白也像一阵轻飘飘的烟雾一般随着那些景色向西面飘去。

"书瑶！书瑶！卫白……"

星女一边追着他们，一边叫着，希望把他们叫醒，但是却没任何回应，两个人都只垂着头，如同睡着了一般。

星女不管三七二十一，腾空跳起，一把将他们俩抱住，星灵瞬间打开，成了一个透明的结界，把星女、书瑶、卫白，还有那只长着犄角的小象包裹了起来。

一切都离去了，只剩下他们几个被摔落在了树下。

阳光透过结界照在了他们的身上，卫白和书瑶瞬间如同活过来一般。两个人围着星女问她刚才究竟是怎么个情况.

星女翻起了白眼，心下想："好家伙，还指望着你们帮帮我，最后还不是我救了你们？"

远处的太阳缓缓地升起，星女脸色苍白地昏倒在地。

本来是想在去神校之前独闯鬼族的，结果倒好，三个人差点儿把命给赔了进去。

星女回去后大病了一场，好久都没有下床，足足睡了有三个多月。好不容易醒了，长姐青梦便在耳边开始唠叨起来。

"你们也真是胆子大，鬼族本来就和其他族的人格格不入，谁都不在意的，即使神王去了都未必能救出你们，更别说我们了！很多仙子他们说收走就收走，一点儿都不顾及情面的……你可真是胆子大！"

二姐念奴本来想了好多种办法来惩罚星女，但是看到妹妹醒来时苍白的面容和黑黑的眼圈，也就不再忍心责备些什么了。

然而星女却将长姐的话当作耳旁风一般，直接从床上跳了起来，奔向大大的窗户。

窗户外面仍旧是那片十分美丽的韦陀花海，花海中站立着一只长着犄角的小白象。

"原来是真的。"

星女露出了开心的笑容，从大殿跑出去，一把抱住了小白象。那只白象也把脸亲昵地贴向星女的面颊。

青梦看着这一切，无奈地摇了摇头。

不过，星女、书瑶和卫白三个人之后见了面，谁都不愿意再提到这件事情了。他们觉得真是丢脸丢到了家，三个没有见识的小孩为了逞能，差点儿把自己的命搭进去。

几个人也再也不嚷嚷着出去作妖了，都乖乖地待在家里，等待开学。

第三章　开学典礼

　　神校开学的日子一天天地逼近了，几个人显得越发兴奋起来。因为要为外祖母庆祝生辰，书瑶回了赤族。卫白总是天天钻在寝殿里面，摆弄那些他从卫族带过来的东西，听说他想要在开学那天给周围人留下一个十分深刻的印象。星女要去他殿里看看都不行，说是到时候要让她眼前一亮。

　　神校终于开学了。

　　当星女背着沉甸甸的包裹站在神校门前时，心里别提有多高兴了。当她傻兮兮地盯着神校的门匾咧着嘴笑时，突然感到身后涌来一股奇怪的温热，星女转过身去，只见一匹高大的马正怒气冲冲地用两个鼻孔冲着自己呼气，马车的车帘被拉开，卫白正以一种傲视群芳的姿态俯视着她。

　　"你有病啊！还戴一朵花。"星女看见卫白耳畔有一朵娇艳的玫瑰，不由得笑道。

　　"你闭嘴吧！"卫白面露一丝窘迫，上下打量了星女一眼，气得直翻白眼,"你说说你,这么大的场面就背一个破包,你好歹也是位公主好不好?"

"得了吧,一般人都没你这么矫情。"

俩人正这样说着,只见人群之外远远来了一座金顶大轿,大约前前后后来了几百个仆人。众人扭过头去看,只见几位漂亮的侍女走上前去,拉开了重重纱幔,只见书瑶证券一脸做作地坐在轿内,拿着羽扇,挡着自己的脸,一副大家闺秀的模样。

星女看到后,下巴都要掉下来了,她真的不知道自己平时是多有雅量,能和他们这样的人一直做朋友到现在。

书瑶一边在人群之中礼貌地回应着那些向她送来的赞颂之声,一边向他们走来。

"我说你们能再真实一点儿吗?"星女一脸无奈地说道。

"你说什么胡话?这些可都是七界有头有脸的王公贵胄们,我未来的夫婿可就在他们之间挑选了,如果让他们知道我的真面目,那我还能嫁得出去吗?"书瑶压低声音说道。

几个人一边说着,一边走进了神校。

神校真的很大,这里是由七界的人共同修建的,仿若世外桃源一般,没有战火纷争,年复一年,沧海桑田。那些古老的树枝由于时间久远,很多已经和大殿长在了一起,还有很多鸟儿在这里栖息,等人走过来时哗然而起,向空中飞去。阳光透过那些老树的枝丫照射在他们每一个人的脸上,就像是在进行着一种特殊的洗礼。

"你知道吗?听说这里死过好几位神仆和公主,而且死法都是一样的……"卫白神神叨叨地躲在星女身后,像画外音一般,突然打破了这幅安静祥和的画面。

"不会吧?这里可没有七界的纷争,谁会没事儿找事儿啊?"

星女不愿意搭理身后的那两个人，自顾自地向前面的人群走去。

"这里就是我们历届优秀学子的榜单，五万年为一届，他们无论是在法术的运用上还是在神术和神史方面，都是每一届的前三名。"

星女顺着神仆的指引，看到榜单上面有青梦和念奴的名字，突然间感到很骄傲。

"哇，大姐、二姐位列第一啊。"书瑶一脸艳羡地看着榜单说道。

"那是！也不看看是谁的姐姐。"卫白说道。

"人家星族和你有什么关系？"

星女一边无奈地摇头，觉得书瑶和卫白很无聊，一边出神地看着那大榜上面的烫金字体在阳光下熠熠生辉。

卫白其实是卫族的第八位皇子。卫族和星族一直以来就互通友好，听说星女的祖爷爷还曾经救下过卫族一家，后来等到星王这一辈带领星族发展壮大，并占领了九重天上的神位之一后，卫族也一直忠心耿耿地站在星族这一边。再后来，卫族灭亡，卫白便被送到了这九重天上。他功课不太好，从小到大一直都是星女这个姐姐在帮助他，那些人骂他娘，卫白就会屁颠屁颠地跑来告诉星女，星女就会帮他把那些人狠揍一顿。

不过有时候星女也十分理解那些欺负卫白的人，因为虽然她和卫白一起长大，但是不得不承认，有时候自己也真是受不了他。比如现在，他正在磨着自己给他想办法，因为他实在咽不下神校这里的粗茶淡饭。

星女一脸无奈，心里想着真不知道谁才是公主。在星族也是，无论卫白犯下什么错误，两个姐姐都会先找她自己的不是。

"行啦，行啦！"书瑶一脸不耐烦地拍了拍卫白的肩膀，站起来走向邻座，"师哥，这里有人吗？"

见一个肤如雪脂的貌美女子走来，那两位书瑶口中的"师哥"赶忙把旁边的座位打扫干净，嘴里还不停地念叨着："没有，没有，快坐吧。"

书瑶款款落座。她和邻座的人说了一会儿子话后，拿来了一串玉葡萄。

"吃吧。"书瑶随手将葡萄放在了卫白的盘子里面。

"他们给你的？"星女随口一问。

"嗯，他们是我们上一届的师哥，是岐族的两位皇子。这是他们族的玉葡萄，听说几万年才开一次花、结一次果。"

"你真厉害。"星女一边咽着嘴里那几苗没味儿的青菜，一边赞许地点了点头。

"没什么厉害的，你要是和他们说你有一个意识不正常的痴傻弟弟，他们也会给你的。"

"哈哈，哈哈哈！"星女大笑。

"对了，等我们课程结束了，他们邀请我们去后山打猎、吃烤野兔，如何？"

"好呀，好呀！不错的主意。"卫白激动地拍着手说道。

第四章　初识云峥

开学的第一天，先是学习礼法。大家和周围的师兄弟们熟悉了一会儿后就开始互相向对方鞠躬行礼。在了解和学习了基本的礼法之后，礼法老师为了磨炼新来的小殿下们的忍让力和耐性，就让上一届的师哥师姐们和他们生活一段时间。在这期间，他们不仅要为师哥师姐们洗衣服、做饭，容忍他们百般挑剔的毛病，还要面不改色心不跳地用礼法来对待这些"无理"的人。可想而知，这些金枝玉叶们哪会受得了这样的气，一个个不是破口大骂就是动手泄愤，但最后不管怎么样哭爹爹告奶奶，还是会被关在神校后院中菩提树下的一间小黑屋里面抄写上千遍礼法。

星女一边在冰池里面洗衣服，一边想着卫白怕是受不得此等闲气。

不过在他第六次被关入小黑屋中时，星女和书瑶决定不再管他。

"听说了没？听说了没？"这时一位公主跑进来，对正在洗衣服的其他公主说道，"听说玄族的太子离潋来了。"

"哇！真的吗？"一堆人叽叽喳喳地问道，然后朝神校门口跑去。

"离潋是谁？"星女转头向书瑶问道。

谁承想书瑶已经换好了漂亮的衣裳，只见她端坐在镜子面前画完眉毛，把眉笔一搁，拉着星女就往神校门口跑去。

星女离得很远，所以看不到中间的那个人，只有一颗颗人头在她面前来回地晃动。她略微有些不耐烦，想转身回去，不成想后面的人掉了扇子，星女想俯身下去捡，扇子却被一只漂亮的金丝绒的鞋子踩住。星女抬起头，只见那男子长着一双好看的梅花眼，正一脸挑衅地看着她，星女看着他的脸怔了怔，随即一拳头打在他的脸上。

那男子被这突如其来的一拳给打蒙了，伸出手来擦拭嘴角，见手上沾满了血，不由得愣在了原地。

书瑶一看大事不好，急忙拉走了星女。

那群女孩眼见自己日日思慕的人被打晕了，顿时感觉愤愤不平，几十个人拦住了她们的去路。星女一看这么多人，有些犯怵，但奈何前后都没有了退路。

所幸云峥最后叫来了法老，一堆人才恋恋不舍地散去。

然而星女仍旧以聚众斗殴的罪名被倒挂在校门前的神树下面，十二个时辰。

大殿里面，星女正望着从窗外飘进来的云彩发呆，她看见那朵云优哉游哉地在大殿里面晃荡，在上空飘了一会儿后就落在了水神老师的旁边。

水神老师是一位极美的女子，甚至连头发梢都令人心动。不过星女的才疏学浅令她实在是想象不出其他的形容词了。

"星女，你来帮我们演示一下如何使用避水术。"

水神瞥见星女走神，便故意叫她上来为大家演示。星女尴尬地站起来，挠挠头，一时间不知如何是好。

"看这儿。"星女听见前面的一个仙童低声说道。

星女眯缝着眼睛看清了上面的术语，于是大步地走到水神老师的身边。水神将器皿中的水泼在了她的身上，她缓缓地念起咒语，只见那些水便纷纷地躲避开来，最后结成几个晶莹的水球。星女伸出手去，水球在她的手里如同两团随意揉捏的棉花一般。此时，她看到不远处座位上的离潋露出一副想看好戏的样子，不由得生起气来，便施法让那两个水球急速地飞在上空之中。

"怎么办？怎么办？我控制不住啊！"

星女假装自己法术失灵，实则偷偷地默念咒语，那水球便突然破裂，把坐在第三排的离潋浇成了落汤鸡一般。

"哈哈！哈哈！"

全班哄堂大笑。一旁的星女假装一脸抱歉地看着离潋。

水神无奈地笑了笑，说道："星女刚刚的避水术运用得很不错，不过我教你们是为了让你们自我防卫，而不是去攻击别人。"水神蹲下去，一脸平静地望着星女，"去校外的大树下倒立十二个时辰。"

星女就这样又被罚了十二个时辰的倒立。不过这不是最可气的，最可气的是卫白那个家伙被放了出来，他竟然一边咬着苹果，一边无情地嘲笑星女，嘲笑累了就去有树荫的地方打盹儿，睡醒后直到饭点，连声招呼都没打就一扭一扭地离开了。

不过，卫白说得也对，她待在这个鬼地方的时间甚至比在寝殿的时间都要长。

　　不过最近星女对她前面的那个男孩颇有好感，他总是几次三番地帮助自己。更重要的是，他身上总是散发出阵阵的类似桃花的香气。

　　他好像还有一个特别好听的名字——云峥。

第五章　与离潋树敌

刚入神校时，所有的门派都会集合在一起学习，在学习完基本的理论和法术之后，他们就可以按照自己的特质和喜好来选择自己理想的门派。最后，云峥选了棋法，书瑶选了卫术，卫白选择了媚术。星女想了半天，最终选择了药理。不过他们选择的这些课程虽然很细分，但是都被归为一个门派之中，这一点让星女感觉很开心，因为大家以后还能在一起学习仙术。

那日去鬼族探险喝下的汤药，星女虽然满心的不愿意，但是那独特的味道还是依然萦绕在她的唇齿之间。她从未喝过那么味道鲜美的汤汁，没有人告诉她那天发生了什么，也没有人知道她喝下了什么，可是这件事情就像是她心头上的一个疙瘩，解不开就永远是一个心结。

她想学药理，是因为也想试着炮制一样的汤药。

不过不久后，星女便有些后悔了，自打他们几个被分进了不同的仙班，她发现自己再也没办法依靠别人的帮助来蒙混过关了。

她每天不仅要复习基础法术，还要完成药理课程所需要完成的任务。她原本只是觉得把食材随便放进汤里面煮煮即可，谁知道药理老师还要他们自己徒手种雪莲，夜里也不能休息，要求每个人去沼泽边上等待鳄鱼的出没。星女为了抓到给鳄鱼剔牙的牙签鸟，已经好几年都没有休息了。好不容易抓到牙签鸟取到了金色的羽毛，那老师竟然还得寸进尺地要他们按时辰入药，也幸亏他们是神仙，要不然恐怕几万年都喝不到自己煮的汤。

星女决定要逃课了，在她又一次被要求去古林里取猫头鹰蛋的时候。

"这个老头儿真变态，每天让我们找这些稀奇古怪的东西。"

星女一边想着，一边直愣愣地等待着树上的那只猫头鹰，最终猫头鹰因体力不支，从树上跌落下来。

她决定放弃了，又一次操起了天天逃课的老本行。

万幸的是，他们几个被分开之后没多久便又因为相同的课程，再次被分在了一个班里面。

这天，云峥早早地就来到了神校，打算组织本门派的同窗们尽早占一个好点儿的位置。谁知道等他们过去了，离潋他们早早就在了，云峥、卫白等人上前理论，反倒被羞辱了一番。

"好了，好了，云峥，我们不和他们一般见识。"卫白拉住早已经发火的云峥。

离潋双手抱臂，冷笑了一声。

"喂，这里是男人的战争，你去那边乘凉去。"

离潋露出一副瞧不起卫白的表情，指着树下乘凉的那堆女生说道。

"你，你怎么说话呢？"卫白气得直翻白眼。

"怎么？说的就是你。"离潋走上前去，撸起袖子，一副要打架的架势。

云峥被离潋的话给激怒了，他看着卫白眼圈红红的样子，突然感觉到十分气愤，一脚就踹在了离潋的胸口，离潋被打倒在地，捂着胸口躺在地上哇哇直叫。

两个门派的见自己的同门师兄弟受到了威胁，都走上前去，能出气势的出气势，能出拳头的出拳头。

书瑶和星女一来，看见很多派别的人围在一起，走上前去才发现两个派别的人已经撕扯得不成样子了，便急忙叫来了师父。

教法术的老神仙一看这场面，顿时火冒三丈。

"瞧瞧你们这群孽障东西，还都是七界有头有脸的名门望族，现在却像疯狗一般撕咬在一起，你们倒是好好用我教你们的法术来比试啊，都给我站着，我不开口你们谁也不能离开！"

离潋他们本来以为自己占了一个背阴之地，谁承想老师一看更生气了，说他们学术不端，每日只想着如何偷工减料，便罚他们去九重殿外挂在树枝上倒立。来来往往的神仙从这里经过后，都捂着嘴巴笑着看他们。

本来神校里面的五个派别是井水不犯河水的，这样一来就形成了两拨，一拨支持以云峥为代表的团体，一拨支持以离潋为代表的团体。

不过，这下可苦了书瑶和星女，毕竟离潋派那边的帅哥是着实多啊！这下可好了，交朋友之前都得要先问一句对方是哪个派别的——即使知道了对方的派别，一起出去玩时也是偷偷摸摸的，生怕自己这边的人知道。

他们门派的人和离潋冷战并不是一个好兆头，因为毕竟离潋生

27

得十分俊俏，神校中的很多女孩子对他都芳心暗许，所以说得罪了他在某种程度上也相当于得罪了几乎全部神校的女生。况且来神校读书的人都是七界之中有头有脸的人物，这无疑会让他们这些人显得十分被动。

这不，这次万神宴上就没有人理书瑶和星女，星女本来打算在这次宴会上多认识几个好朋友的，但是周围几乎没一个人愿意和她们两个接近。加上自己门派中的课程有些奇怪，很少有人会选择，所以女孩子也是十分稀少的。本来打算趁这次万神宴上多认识一些小姐妹，但是可惜的是，周围的其他族的公主和仙子们并不愿意去理会她们两个。

星女和书瑶只得悻悻地坐在座位上喝着牡丹蜜，好吧，谁让她们得罪了全校女生的梦中情人呢。

万神宴其实就是给每一届毕业的人举办的一种仪式，每次要办两期，第一期是在神校校内，由全部的法老和神史长们主持举办，全部的师生都会参加，宴会上那些综合成绩得到第一的人会被授予神校的最高荣誉。第二期就是在三千年后的正式封神的御神礼上举办，不过那一次就十分严格了，由于是正式封神，所以参加的都是七界中有头有脸的贵族人物，普通的血统是根本就进不去的。大家因为年纪都很小，所以都十分的好奇，玩得很开心，互相认识了彼此——除了星女和书瑶，她们一边吃着蜜饯，一边看着长桌内的舞女们。

这些舞女也是七界固定的，她们不属于九族中的任意一族。这些女子生下来就被挑选出来，长得十分好看，骨骼适宜舞蹈，她们乐器史书无一不通，且个个拥有倾城之貌。但凡七界之中有什么盛大的宴会，她们都会被邀请参加，作为最高的礼仪。其实神校本来是没有这样的殊荣的，但是首领的姑姑说，神校乃七界之中最为祥和且充满希望之地，应该享受最高的礼制。

那些小女孩看着那群舞女姐姐们梳着高高的发髻，在空中翩翩起舞，没有一个不羡慕的。这时，最中间的那个长相甜美的女子从众舞女之中飞出来，桃花便纷纷地落在了每一个人的肩头。

"好美啊！"星女不由得发出赞叹。

可是突然间，那个女子便好像晕倒一般从高高的空中坠落下来。众人皆惊呼。

舞女的首领姑姑推开人群，把那个舞女拉了出去。乐器声再一次响起，剩下的那些舞女就像什么事情都没有发生似的又开始很专业地翩翩起舞。

此时的星女觉得十分心神不安，那些神校特意为他们准备的可口的饭菜突然之间也似乎难以下咽了。

书瑶见星女吃不下什么饭便推了推她，问她要不要出去走走。

神校外面的星空也是很美的，虽然离开家已经很久了，但是每天晚上星女还是会看看星空，那些星子们便也闪烁个不停，冲它们的小主人打着招呼。

突然，星女听到旁边的寝殿内传来了几声惨叫。

星女和书瑶赶紧走上前去，她俩从门缝中可以清楚地看到白日里那个晕倒的舞女已经醒来，正浑身湿淋淋地跪在地上发抖。

"你也是胆子够大，敢喜欢玄族的太子！"

"他，他是……"

"他是玄族的太子。我说你是真没脑子啊，你以为来神校读书的人都是些什么人，你也敢攀附？你攀附得起吗？人家会娶你？"

星女一听，不禁觉得更加生气了，这个离漱果真不是什么好东西。

"你滚吧！"

"姑姑，姑姑，你就放过我这一回吧。"

"放过你？你难道不知道舞女是不能动凡心的吗？你整日想些什么，晴空舞需要的就是专注力和一心一意，你如今心上早有他人，日后还怎样去跳？"

那个姑姑一把推开她身边的舞女，冲门这边走来。

星女和书瑶见状，赶快躲了起来。那个姑姑推开门，怒气冲冲地向屋外走去。

"离潋可真不是个好东西。"星女一脸愤愤地说道。

"不过是一个愿打一个愿挨罢了，况且他们这些王公贵胄们都是这个样子，离潋只不过是其中之一。"

"我们不过是比她们的命好一些罢了，这没什么的。"

"有些权势是有的，命好却也不见得。"

书瑶无奈地摇了摇头。

"如今人人都愿意攀附权势不过是因为战乱需要抱团而已，会有那么一天没有战乱的。"

"希望如此吧。"

"若是以后我有了心上人，必定不是因为这些外界事物的。而且我也不会去和亲的。"星女说道。

书瑶低下头，轻轻地将被晚风吹起的碎发掖到了耳后，她浅浅一笑，没有再说任何的话。

"有人跳井了！"

突然间，殿外响起了一声尖叫。

星女赶忙从寝殿的床上爬起来，披了一件睡服便向殿外匆匆跑去。

　　院子中真是那个她和书瑶今天看到的那个舞女。只见她眼睛紧紧地闭着，面色惨白得像一张纸，身上还穿着那件薄薄的白色纱衣。不一会儿，首领姑姑来了，她的面色没有一丝动容，仿佛已经见怪不怪了，周围的侍仆走过来，拿担架把那舞女抬了出去。

　　星女愣在原地，周围的人群逐渐散去。不一会儿，院子里便又恢复了以往的寂静，就像是什么事情都没有发生过一般。

第六章　触犯校规

夏季到了，神校的日子似乎变得更加漫长起来。寝殿外面大树上的知了不断地叫着，星女在床上翻来覆去实在无法入睡，加上本来就是星族的缘故，日头只要稍微浓烈一些，她白皙的皮肤上就会泛起阵阵的红疹子。

星女和书瑶的食欲简直一日不如一日，每日的食物都是端到桌前之后又原封不动地被端了回去。神仆见端过去的食物又原封不动地被端了回来，无奈地摇了摇头，在纸上记下了她们的餐食——这些金枝玉叶们她们可是不敢得罪的，万一身体抱恙，按照神校历来记录的规矩，可以将这些记录交给医神作为参考，或者从更实际地角度来说，是为了能减轻自己的责任。

练完一上午的法术，星女和书瑶懒洋洋地坐在了木桌前面，神仆为照例每一个人端来了饭菜，书瑶看了一眼碗里的食物，顿时又没有了什么兴趣。

"昨天煮芹菜，今天煮白菜，我们来这里是学仙术的，不是出家的。"

星女对书瑶使了一个眼色,气鼓鼓地把筷子一扔,佯装出一副很生气的样子。

"我不吃了。"

"对,不吃了。"

书瑶也把筷子一扔,随后跟在星女的身后,可两个人刚走到门口,离潋突然站了起来,贱兮兮地嚷道:"食掌,她们偷吃零嘴,零食就在她们寝殿的枕头下面。"

四周的人愣了愣,显然还没有反应过来,但也都放下了手中的食筷。

"哪,哪有,你骗人。"星女有点儿结巴地说道。

"对啊,你有证据吗?"书瑶笑了笑,对离潋说道。

"我能闻出来,你们睡枕下面的零食。"离潋故作神秘地说道。

星女不禁大笑,书瑶刚准备松一口气,突然听离潋脱口而出:"蜜饯、五香豆、甜饼……"

食掌见离潋说得头头是道,便下令让神仆去她们的寝殿内搜寻,果真把离潋口中那些食物原封不动地都搜了出来。

这种行为神校言令禁止的,星女和书瑶心里都清楚,因为她们学习的很多法术都规定在学习期间要拒绝荤腥和甜食的,如果把控不好很容易就走火入魔,况且腾云驾雾的本领本就需要她们身姿轻盈。这些仙童们往往都没有到五万岁,正是培养好仙骨的绝佳时刻,如今她们这样,不仅仅触犯了校规,更是自暴自弃的一种表现。

"让你们族内有声望的长辈来接你们回去好好反省反省吧。"

食掌一脸威严地看着她们两个。

星女和书瑶就这样被连拉带拽地拖回了自己的寝殿。回到星族后,长姐青梦十分生气,命令下人不许给星女饭吃,要让她饿着肚子才能长记性。而二姐念奴怕饿坏了星女,总是偷偷地给她塞些食物。

星女心里觉得委屈,把那些食物通通倒掉了。青梦更加生气了,她实在是没有想到星女的性子竟然如此顽劣,便下令让星仆拿放牧的鞭子抽打她的屁股。

星女一边哭,一边哀号着,甚是凄惨,却依然态度强硬,就是不肯低头认错。

"你不肯让我吃,自己却整日在神殿里面过着锦衣玉食的日子,人家别人开学都是众多仆人拥着,你却要我自己背着包走了三天三夜,有你这样当姐姐的吗?"

星女一边哭,一边抱怨道。卫白轻轻地拽了拽她的衣袖,示意她不要再多说了。

"连卫白都有马匹和新衣裳,我却穿得还不如神仆。"

青梦听后,顿了顿,她没有想到星女会这样说自己,她感到很伤心,也没有什么力气再去惩罚她了,挥了挥手,示意星仆将她带下去。

青梦向后仰身,靠在星位上面长长地叹了一口气。

"我原是只想着历练历练她,却没有顾及她的内心的想法。"

一旁的念奴将手轻轻地搭在长姐的肩头,安慰地拍了拍她的肩膀。

星女气鼓鼓地回到寝殿后,一把将头上的发钗取了下来,扔在了桌子上面。然后跳上窗户,盯着外面的韦陀花开始发呆。

不知道过了多久，念奴轻轻地走了进来，还带了一盘水果和佳酿，星女本想假装没有看见，却还是经不起肚子里面咕噜咕噜的抗议声。

"饿了就快吃吧。"

念奴看到她那副样子，不禁哑然失笑。

星女没有忍住，可是吃着吃着，眼泪便吧嗒吧嗒地掉了下来。

"在这七界之中，八族的争斗从来就没有停止过，每一族都希望能够进入神界，夺取统领七界的权力。这些人会不惜任何代价把我们生吞活剥了，用计谋、用背板，甚至用感情，所以我们谁都不能相信，除了我们姐妹三个。"

星女张着大大的眼睛瞅着二姐念奴，全然一副没听明白的样子。

"你以后谁都不能相信，除了你的大姐和二姐。我们从小无父无母，上无长辈下无兄长，七界之中的任何一族都希望把我们灭掉，所以我们才更需要团结。"

星女点了点头。

"你是一个看似顽劣实则心细的女孩，父王当年说过你日后必有所作为，但我和长姐都觉得你有时太过悲天悯人，实在不愿意让你卷入这是是非非之中，可是这并不代表你不需要了解现在的局势，况且我们早就岌岌可危了。"

星女吃完手中的果盘，下意识地打了个饱嗝。

"你太过感性，很多事情有时候只看到了表面，而且纠结于细节。你只看到长姐成为神后，每日锦衣玉食，却不想她整日为家族谋求利益而奔忙，有时候连饭都吃不下。"

星女深知自己有愧，便随着二姐念奴去大殿给长姐道了歉。

青梦本来还十分生气，看到星女来主动道歉，内心不免觉得高兴起来。但是她还是想给星女一个教训，便故意板着脸不说话，直到星女走过来一把抱住了她，她才没有绷住，扑嗤一声笑了出来。想着姐妹几个好不容易回来一趟，念奴便下令让下人给她们去做青菜制成的美味佳肴了。

第七章　再入鬼族探险

话说自从星女和书瑶被赦令回族反省之后，卫白可是气不打一处来，卫白每日索性也不把心思用在学习仙法上面了，天天跟在离潋的屁股后面找碴儿。

可是奈何离潋知道他们门派的人想要报复自己，索性这两天变得极为规矩，甚至有时候还装模作样地给教神术的老师揉肩捏腿。那副惺惺作态的德行真是令人作呕。

话说这卫白找了半天，实在是没有找到离潋的什么毛病，于是天天在云峥耳边念叨。云峥本来和他住在一个寝殿就十分不幸了，现在又平白多添了许多念叨，心里更是烦闷，便随口说了一句：

"他既然没有毛病，那你给他制造毛病不就行了？"

卫白一拍脑门，仿佛瞬间顿悟了一般。

"对啊，我怎么就没想到呢，读书多的人就是不一样，连伤天害理的事儿都比别人懂得多。"

卫白走到云峥身边，暗暗地戳了戳他，云峥略微有些尴尬地清了清嗓子。

神校又莫名其妙地失踪了一些女神仆，而且大都是正值十几万岁的妙龄的女子。那些身份高贵的嫡女、公主们吓得夜晚再也不敢出来玩耍，一时间弄得人心惶惶，连卫白这个神神叨叨的人也开始不神叨了，每日不再和老师拌嘴嚷嚷着喊不公平不给他和女生分在一个组里。他还连续好几天都顶着黑眼圈来练习法术，整天昏昏沉沉的，一副要睡过去的模样。

"你们知道吗，我昨日看见鬼了。"卫白突然神神秘秘地冲那几个公主说道。

"不会吧？这里可是神校。"

"神校又如何？不在九重天上，又没有神光护着，而且这里时间久远，你们看神殿门口的那棵巨大的老歪脖子树都要成精了，难保没有恶鬼啊。"

说着，卫白故意做出一副恶狠狠的样子，那几个公主吓得连忙大叫起来。

"卫殿下，请不要在这里散播谣言。"神仆走过来说道。

"我哪有？我昨日真的看到了，就从我的窗户前面飘过去了。"

神仆听后若有所思，心下想着这件事情或许应该重视起来，但是为了安抚人心，嘴里还是一个劲儿地强调卫白看错了。

"啊啊——啊啊——"

深夜里，卫白和云峥的殿内突然传来一阵尖叫，众人走上前去，只见卫白的床铺前面明显多了几个血脚印。

"有鬼啊！"卫白一下子骑在了神仆的身上，神仆一脸严肃地叫来了神长。

"是离潋，绝对是离潋，我看清那个人的样貌了。"卫白咬牙切齿地说道。

神长若有所思了一下后，便下令搜离潋的宫殿，果真在他的床下搜到了一双带血的鞋子，而且正好是他的码数。

离潋一脸吃惊地看着那双鞋子，然后指着地上的大脚印说："不对，不对，这分明是有人要陷害我，这地上的脚印和我床下的明显鞋码不符。"

神长听了，便拿他的鞋子比了上去，果然地上的那双脚印明显大了很多。

"这分明就是卫白的鞋码，他这是在陷害我，他那双带血的鞋子就藏在后殿后面的那棵巨柱仙人掌里面。"

卫白显然有些慌乱，便有些语无伦次地说道："胡，胡说，你，你怎么知道？"

离潋一脸得意地抱着胳膊说道："我闻出来的。"

众人一听是离潋闻出来的，便纷纷立刻去找后殿后的那棵巨柱仙人掌了，毕竟大家对他的鼻子向来深信不疑。

果然，没过多久就有人从里面找到了卫白的作案工具。

云峥一看，心下着实无奈，默默地叹口气，心想："这种蠢材，真是教不会啊。"

"你胡说，胡说！我根本就没往你床下藏鞋。"

卫白这下彻底急了，歇斯底里地喊道。

云峥一个白眼儿差点没翻到后脑勺去，心下想着："卫白真是个草包啊，原来陷害别人，连陷害这一步都没有做到，就红口白牙地说是别人干的。"

神长貌似也觉得他的陷害很可笑，颠了颠手中的鞋，平静地说道："既然卫白与星族已经联合在一起多年，卫族没有王储，卫白没有长辈，那就叫神后来一趟吧，将卫白接回去好好反省一下。"

当星女和念奴走到卫白身边时，他一直低着头不敢说任何话。直到念奴走进了神校，卫白这才对星女说："原是我大意了。"

星女一脸无奈，轻轻地拍了拍他的肩膀，安慰道："下次先保护好自己，再为我出头吧。"

因为离漱，两边的关系已经僵硬到了一定的程度，不过书瑶还是每日都会收到大量的情书。那些送信的各式各样的坐骑在光线耀眼的云层里面飞来飞去，送来的不是佳酿就是星宫后面的韦陀花。

星女不禁十分气愤，叉着腰站在窗口大骂道："喂，怎么，你们偷摘别人的花，都不需要打声招呼的吗？"

书瑶确实是生得十分好看，她秀雅绝俗，肌肤如雪，一副弱不禁风的娇俏模样。最重要的是她成绩优越，而且是赤族族长唯一的掌上明珠——赤族可不像其他族类一般子嗣繁多，谁要是得到了她的芳心，就意味着是未来赤族族长的继承人。

课堂上，星女无聊地在纸上画着一只乌龟，转身看见书瑶和卫白正满脸通红地憋笑。

"放学去哪儿？"星女一个纸条就冲书瑶砸了过去。

书瑶打开纸条，写了几句话，又向星女扔了过来。

只见纸条上面写着："法老穿着绣花的小鞋。"

星女不禁好奇地朝讲坛上望去，只见法老那一双紧俏的小脚赫然地出现在众人眼前，而他却还是有所不觉，仍旧如痴如醉地教大家如何驯养那琉璃杯中的金鱼。

星女感到有些无奈，一脸鄙夷地看向卫白和书瑶，明明刚刚俩人还笑得前俯后仰，一转眼就变得十分的正经。

四下突然间安静了下来，等星女转过头时，法老早就不知道什么时候出现在了自己的桌前，他拿起那张纸条看完后，气得仿佛连五官都变了样子。

"谁给你写的，还是你自己写的打算扔出去？"法老严肃地问道。

"不是我，真的不是我，是书瑶给我扔过来的。"星女连忙解释。

"书瑶，是不是你？"

"回禀法老，我刚刚在认真背诵您给留的任务，不曾看见什么纸条啊。"书瑶站起来，一脸无辜地看着法老。

"那你背一段给我听一听。"

法老让书瑶背了一段后，又让星女也站起来背诵，但是星女只顾得上走神儿了，哪里会背，结果也可想而知了，她被法老罚在神校外面的大树下面倒立了足足两个时辰。

星女可怜地在树下倒立，眼睁睁地看着卫白屁颠屁颠地跟在书瑶身后，上了离潋的坐骑。

离潋喜欢书瑶，全神校的人都知道，但离潋是星女最瞧不起的人，星女是不会让离潋和书瑶在一起的。毕竟离潋在七界中追过的女孩加起来比神校的人都多，他的那点儿花花肠子星女一看就知道，他只是想把书瑶追到手挑战一下自己而已。

书瑶清不清楚道离潋的目的，星女不知道，不过，卫白一定是不知道的。看他那副娘不叽叽的德行，星女就知道他又是去当电灯泡蹭吃蹭喝了。

"吃、吃、吃，迟早吃死你！"

星女翻了个白眼，一点儿都不想理面前这两个得了便宜还卖乖的人。

"吃吗？"这时，云峥拿着一串葡萄在星女的眼前晃了晃，靠在树上对她说，"你别理他俩，他俩就那样。"

九重云霄，神校里面。

"我刚刚说的步骤，不知各位皇子公主们可否领会？"法老细细地捻着须子，一脸得意地望向他的门生。

"已领会。"众小殿下回答道。

"好的，那就请各位把我手中的毛笔变成一种动物。"

法老话音刚落，毛笔便掉在地上。学生们纷纷走上前去，只见云峥拿了一根白色的笔毛，转眼将其变成了一只雪白的雕。

法老看着他，欣慰地笑了笑。

离潋也走上前去，拿起笔杆想了想，那笔杆子瞬间就变成了一条金色的赤链蛇，吐着长长的蛇信子，一脸桀骜地俯视着大家。法老一挥手，那蛇便丧失了攻击的神态，像一只听话的小狗一样乖乖地伏在离潋的脚边。

所有的学生都纷纷将那只毛笔变成了他们心中所想的动物。

只有星女还排在队伍后面，傻呵呵地看着他们发着愣。

法老看了星女一眼，便挥挥手让她过去——他其实对这位星王最小的女儿还是抱有一些期待的，她法术虽然不精，但是人却古灵精怪，很有想法，看问题的角度也和旁人有些许不同。

星女沉思了片刻，走上前去，拿起地面上剩下的几根毛，沾了沾金粉，便在宣纸上画出了一位腆着大肚子的法老的夸张形象。随后，星女吹了一口气，那画中的法老便鲜活地站在了众人面前。

小殿下们见此,都开始哈哈大笑。法老尴尬地摸了摸胡须,咳嗽了两声,清了清嗓子。

"今天是基础神法的结课之日,各位小殿下都来自七界的不同族类,自盘古开天辟地以来,七界之中七族之间便战火不断,今日你们的课程在我这里即将告一段落,为师没有什么能够送你们的,你们用法术变出的动物,为师就送给你们当坐骑吧,希望你们在今后能够记住为师的话,以民为本,倚善治国。"

"至于星女呢,恐怕是由于自己的基础法术没有学好,所以才变出一个为师的样子来继续教导她,这种学习精神很值得大家赞扬啊。当然为师也一定不负众望,会继续好好叮嘱你们复习基础法术的……"

法老眯着眼睛看了一眼此刻垂头丧气的星女,心里不由得意扬扬地想着:"自己真的是一代名师啊,这么顽劣的学生自己也有办法治。"

神史课上。

"七界之中,有一界颇为特殊,我们称其为人间。这里的凡人日出而作,日落而息,并且只能存活几十年,不像其他七界六族。他们不学法术,却苦心专研歌赋,想象力丰富……"

星女一听,突然之间来了兴趣,趴在书桌上的身子立马直起来。

"但是人间却是一片极美之地,那里季节分明,不同的鲜花拥有不同的气味,阳光有温度,河流山川在不同之时会呈现不同之貌。为师曾有幸游历过一次人间,那时正值人间三月,绿草如茵,桃红遍地,空气中满是清甜的味道。那里日落很慢,会伴随着铁匠

打铁的声音一点儿点儿地落下山头……"

"师父,可是我们这里也有奇花异草啊!"一位小殿下说道。

老师摸了摸长长的须子,慢慢地摇了摇头:"九重天上,神气威严,植物一般难以存活,即便有奇花异草,那也是孤木,且香气寒凉孤冷,一般生长在无阳光之地。不似人间,即便不是艳阳天,桃花也可以开满整座山头。"说着,眼睛看向窗外飘进来的云朵,面露向往之色。

随后,星女又趴在桌子上,无聊地翻看着一页页的神卷,"人间"只在书中一隅有所介绍。

"艳阳之日,桃花开满整座山头……"星女喃喃而语,转身向身边的同座说道,"我也好想过那样的生活啊,在桃林里面盖一间小屋,白天耕田,夜晚点一豆烛光。"

离潋在后边听到,不由得讥讽她:"得了吧,还学凡人耕田呢,那样的苦,你肯定是一天都吃不下的。"

星女转过身来,狠狠地瞪了他一眼:"俗气!"

俩人正打着嘴仗,神校的钟声从窗外阵阵传来。星女一把推开眼前堆满的神卷,急匆匆地往外边跑去。

"哎,你们干吗去?"

卫白见状,也一把抓起法卷,塞在袖子里面,紧随星女身后跑去。

"我们要去找云峥!你要不要一起啊?"星女兴冲冲地说道。

卫白一脸无奈地翻了翻白眼:"我才不去,你能不能有点儿出息,你好歹也是个公主,能否矜持一下?"

"得了吧,还说让我矜持,你也不看看你自己,邱族公主贵戚们来了,你那俩眼珠子都要掉在地上了。"星女拍了拍卫白的肩膀，故作失望地摇了摇头。

"我告诉你，云峥他们今晚要去古林那边探案，你自己小心别被鬼族的人抓起来吃了。"

星女转过身，朝卫白扮了个鬼脸。

"我告诉你，你别不信，鬼族就爱吃你这种没过一万岁的小姑娘，尤其是小拇指那部分，咬起来十分上口。"

卫白一边恐吓着星女，一边屁颠屁颠地跟在他们的身后。

进了古林的第一件事，就是使用隐身术，但奈何星女和离漱在讲这堂课的时候只顾逗离漱的那条胖蛇玩了，所以根本不懂得隐身术是什么。云峥万般无奈，最后只好为他们施了幻影术，不过幻影术只能维持三千个时辰，所以云峥和卫白在离开的时候万般叮嘱他们不要去找鬼族，叫他们记得时辰一到就赶快从古林中出来。

古林里面有很多奇珍异宝和可爱的动物。这里是神族的禁地，一般人是不允许来这里的。但是这里的各种新鲜玩意儿瞬间吸引了这几个没见过世面的孩子，他们完全把云峥的话抛在了脑后，一个劲儿地被吸引到了古林的最深处。

"好美的楼阁啊！"星女不禁惊叹道。

离漱也停下了手中摘花的动作，他抬头看去，只见那座楼阁盖在半空之中，上面还有一袭莺莺燕燕的女子在唱歌。

"好香的味道！"离漱闭上眼睛，尽情地呼吸着空气中弥漫的胭脂水粉的味道。

星女和离漱两个人就这样大摇大摆地走上了那条悬空的楼梯，仗着自己隐身，摸摸这儿看看那儿的。

正当俩人不亦乐乎之时，阁楼的门突然间"砰"的一声关上了。

刚刚还华灯彩绘的房间瞬间变成了漆黑一片，离漱一看，大事不好，急忙拉着星女躲进了一个红色的立柜里面。

四周一片安静，这时空荡荡的房间里响起了吱嘎、吱嘎上楼的声音。

透过立柜中间的细缝，星女看到一双很好看的红色的女人鞋子，在房间里面轻轻地走来走去。星女有些害怕，开始发抖，离漱抓住她的手轻声安慰道："没事儿，云峥给我们施了幻影术，他们看不见我们。"

"看不见就看不见吧，那你抓我头发干什么？"星女低声地责怪道。

"我没抓你头发啊！"

离漱的这句话几乎是哭着说出来的。

说罢，两个人慢慢地转身向后看，只见一颗干瘪的头颅正幽幽地发着绿光注视着他们。

"啊啊——啊啊——"

两个人吓得立刻破柜而出。

等俩人再次醒来时，他们已经在商量如何用他们煮汤了。

"我想吃那个小男孩的手指头，听说他来自玄族，味道肯定特别鲜美。"

离漱听到这话，不由得微微颤抖起来，星女在心里已经给了他一千次白眼——每次只要和他单独行动，准没有好事儿，算了，还是听天由命吧。

他们两个虽然被关在了柴房，可是门外幽幽的草药汤的香味还是不断地袭来，离漱的肚子突然间不争气地响了起来。星女无奈地看着离漱，心里不禁觉得悲哀，因为不久之后，他们就将成为那药汤里最滋补的一剂食材。

正这样想着,突然间她的头发被撩了起来,星女顿时喜出望外。

"云峥,你来啦?"

云峥一脸泄气地解开了幻影术。

"你怎么每次都能猜到我来啊?真没意思。"云峥嘟着嘴,给离漱和星女解开了绳索。

"你别怪我,主要是你身上总会散发出桃花香气,所以你一来我就知道了。"

星女站起身来,把头发上的稻草丢了下去。

趁着屋外的两姐妹还在为是煲汤还是清蒸争论时,星女和离漱已经被云峥施了幻影术,悄悄地从她们身边溜走了。

第八章　万年大考

转眼之间，就到了一万年一次的大考时间。在这次考试中，这里的学生将被筛选其中的三分之一，继续学习法理和神史。对于这次考试，七界上下都是十分重视的，他们出身高贵，大部分来自名门望族，如果未来自己族类的子嗣没有能力被选入，那么这三分之一的人将意味着将会成为各族外聘的丞相或者将军。他们想法新奇，控制着整个七界的发展命脉，是未来最有发展眼光的年轻人，而且对于这些贵族孩子的外聘，从某种意义上是两个家族的联谊。

大考的第一项内容是法卷的理论化知识。这对于星女来说并不难，无非就是问一些"怎样施法""怎样借助法器施法""如果施法错误该如何进行补救"之类的题目。但是实操着实是不容易，它包括如何驾驭风、如何驯服坐骑以及如何保持隐身术的持久性等。

驯服坐骑对于学子们来说也没有什么难度，但是如何运用法术在雷雨交加的天气中维持平衡就很困难了，大部分公主和太子们纷纷掉落云端。星女紧紧地跟在云峥身后，气流到她周围时已经减弱了不少。云峥最终被气流吹到了九重天上。卫白突然从风马上掉落，星女看见后急忙扯断自己的衣裙，用衣袖紧紧地钩住他，卫白这时已经吓得脸色惨白，他完全像个凡人一般不会施法了，只得抓着星女的衣袖在云雷里面荡来荡去。

好不容易挨到了终点，星女站在云朵上，示意卫白爬上来，她已经没有什么力气再施法了。但卫白显然已经吓傻了，还在云下面荡来荡去。星女无奈地摇了摇头，只好一点儿点儿地把他拽了上来。没过多久，书瑶也到了终点。一行人也没有什么言语，摇摇晃晃地走向第三场考试。

第三场考试隐身术对于他们来说也是有难度的。三场考试中有两场通过就意味着将被选为神校第二期的学生。

卫白找到一座空殿，端坐在床上，憋了一口气，开始施展法术。

谁知没过多久，离潋也跟着走了进来，一屁股就坐在了卫白的腿上，还假装自己没有看见，导致卫白还没隐身多一会儿就现了身。

星女非要拉着卫白去找老师理论一番，但卫白一个劲儿地说算了，一细问才知道，原来卫白在离潋的第一次考试驯服坐骑时偷偷地给他的灵兽喂了泻药，导致那畜生一直不听离潋的话。如果现在去告诉老师，就意味着两个人都要退赛。星女细细斟酌了一番，觉得还是算了。

值得庆幸的是，最重要的人都通过了考试。

考试就这样结束了，虽然星女并没有取得多好的成绩，而且目前来看对法术什么的也没有什么天赋，但是星女并没有像两个姐姐那样的雄心壮志，她自己原本也是不愿意取得什么第一名的。不过青梦和念奴却一致都认为星女是因为没有用什么功，毕竟她们两个一直都是神校榜上的第一位，也因此被封了神，她们自然也是坚信妹妹有这个能力和天赋的。所以即使神校放假，她们也不愿意放星女出去，而是叫她老老实实地待在自己的寝宫里面复习神校的功课。

不过星女可不是什么老实孩子，任凭青梦和念奴说什么就是什么，她向来不习惯对人言听计从，一见青梦和念奴离开，便一脸堆笑地走向洛儿身边。

"洛儿，好洛儿，你就放我出去吧，大家都一起约好要去赤族玩的，我不去岂不是不守信用嘛！"

"公主，洛儿都说了，我没有什么权力的。"

"我不管，我不管。"星女见她不依着自己，索性坐在地上大哭道。

洛儿见她那副耍泼的模样，也不再理她，关上殿门走了出去。

星女一见洛儿不理睬自己便也不哭了，她从地上坐起来，趴在窗户旁边发呆。

此刻的星族好不热闹，星婢们飞入飞出，一通张罗。遥远的星宫在暮色笼罩的黑暗中灯火璀璨，数亿颗星灵围绕在星宫宫殿上，周围亮如白昼。

如何逃离这里呢？唯一的通道就是天门。可是天门平日里是绝对严禁神族出入的，甚至有些神直至他们仙寿终了，也只是在他们大婚的那一日去过一次。天门是神界通向龙界、凡界以及魔界、妖界的唯一通道，而且有魔兽把守，纵使自己真的不小心失足跌落，也会有魔兽将自己叼回来的。

怎么办呀？

星女想到这儿就觉得心烦意乱，干脆抱着自己的头大喊了几声。

突然，星女感觉自己的胳膊很痒，她抬起头，原来是一颗胖嘟嘟的小星灵蹭了蹭她，还仰起头看着她。

"你是来安慰我的吗？"星女问道。

那颗星灵跳了跳："真好玩儿！"

星女笑着把它接在手心里。那颗星灵看到她笑，忽然飞起来，围着星女跳起了一条条好看的弧线。

星女看着它跳的弧线，突然有了灵感："你是想告诉我从魔兽入手，对不对？"

那颗星灵又上下跳了跳，以示同意。

星女亲了一口星灵，激动地一边跑一边说道："你真聪明！"

随后，那颗星灵的星角渐渐地垂了下来，害羞地变成了深红色，躲在云朵里不出来。

无极门内。

"公主殿下，这，恕臣难以从命。自古以来没有神兽放走人的道理，您没有长公主的令牌我是万万不敢放您出去的。"

"哎呀，牛牛，你就帮帮我这个忙吧，这天宫里我可就你这么一个老朋友。"

"不行啊，公主。"

"老黄牛，我告诉你，你可还欠我五斤野果和八两山泉呢。"

"这天界连棵树都没有，哪有什么野果和山泉呢？"

"我不管，你可别忘了，在赤族是谁帮你追的那头小母牛的，要不然你现在还是孤家寡人呢。"

"公主，臣哪里能忘记是您呢。"

"所以呀，你可是欠我人情的呢，更何况你也不希望我不开心吧？"

"这，好吧，好吧，我帮你还不行吗？"那神兽不情愿地说道。

"哈哈，这才是我的好朋友嘛。"星女想拍拍神兽的肩头，发现自己够不着，就笑哈哈地打了个马虎眼。

"不然欠你的那点儿野果得说上个三亿年。"

"啊？你说什么？"

"没事儿……"

神兽正打算转身开启无极门，只见洛儿突然出现在了老黄牛的旁边。

"谁给你的胆子，敢放三公主出去？"洛儿问道。

"神司。"

那神兽突然跪了下来。洛儿一向温和的面容竟然变得如此严肃，星女从未见过她这般样子，不由得吓得哇哇大哭起来。神兽有些无奈地看了看星女。

洛儿望着远方叹了一口气，思量了片刻，转而笑着蹲了下来。

"奴婢可以不向两位殿下禀明，不过小殿下一定要答应奴婢，不可以惹出什么乱子来。"洛儿俯身轻轻地刮了刮星女的鼻头，笑着说道。

"一定没问题！"星女抱着洛儿，久久不愿意撒手。

洛儿轻轻地摇了摇头，一脸无奈。虽然大殿下和二殿下再三向洛儿强调要对星女严加管教，但是洛儿还是狠不下那个心，毕竟在这个年纪贪玩也是十分正常的。

第九章　结伴出游

星女转身回到了寝殿，东翻翻西找找，找出了一大包宝贝，然后转身吹了一声口哨，那只白色的小象便向她飞了过来。

"安得，我们今天去个好玩儿的地方好不好？"

安得轻轻地用鼻子蹭了蹭星女的脸。

"那里有好多好多好吃的水果，有你最爱的香蕉，还有漫山遍野的小花。"

安得兴奋地将两只前脚举起来，打算给星女表演一段舞蹈。

"行啦，行啦！别显摆了。"星女轻轻地拍了拍安得的头，转身回到了寝殿。

安得能够抬起前脚跳舞是星女训练了好久的结果。每次遇到新的朋友，星女都会让安得给他们表演一段舞蹈，然后从他们不可思议的表情中获得一丝沾沾自喜的虚荣感。因此安得以为星女很喜欢它的表演，其实它想错了，她只喜欢它在外人面前表演，而当只剩她自己的时候，星女是不愿意让它表演的。因为安得很笨，星女教了很久它才学会，所以每次安得只要一表演，她就会想起那些年安得把她气得鼻孔冒烟的日子。

星女早早地就把东西收拾好了，却还是不见云峥和卫白他们的身影。此时，她略微有些无聊地坐在大大的窗框上面，随手摘了一朵韦陀花戴在耳边，然后伸出手，星灵围绕在她的指尖，在夜空中划出一条条优美的曲线。

柔和的晚风轻拂她的脸颊，鼻尖溢满了韦陀花的清香，星女脸泛红晕，如同微醺一般，坐在大大的窗框上面浅浅地睡去。

恍惚之间，耳边突然传来轻轻的声响，星女下意识地用手去抓，但是没有抓到。她睁开双眼，只见一张白色的宣纸飘浮在花海上面，轻点了几下就又向深空中飞去。星女轻点脚尖，身体如同轻燕一般也向空中飞去，浅色的罗裙如水纹一般在星空中荡开。

星女伸手抓住了那张纸，一挥手，向星宫的屋檐上飞去，脚尖一点便稳稳地停在了高高的星宫宫殿上面。她用手温柔地赶走那些沾在自己衣袖、头发上顽皮的小星灵，找了一个舒服的地方坐了下来，开始仔细地研究起那纸上的字体来。

"桃花源记？"

那张纸虽然被雨水泡过，但还是可以看出那字很是娟秀，而且来自凡间，七界之中貌似也只有云峥的字能够与其媲美了吧？

"晋太元中，武陵人，武陵人。"

星女一边仔细地读着那纸张上残存的文字，一边眯着眼睛仔细地盯着，生怕自己会错过什么。

"星儿，你怎么爬得那么高啊？"云峥在下面大叫道。

星女循声俯身一看，只见众人都已经骑着各自的坐骑，在下面浩浩汤汤地等着她出发。

"我说你,刚学会飞行术就要在我们面前显摆啊!"书瑶一脸鄙视地说道。

"那也比你学得好。"说话间,星女便飞到了书瑶的面前。

书瑶的坐骑似乎没有反应过来,被吓了一跳,突然间腾空而起,两个巨大的鼻孔嗤嗤地喷着热气。

"快走吧!"众人坐在坐骑上面对星女说道。

星女叫来了安得,随手跨上星仆递过来的包裹,转身一跃,坐在了自己的坐骑上。

众人见星女已经准备妥当,便也纷纷掉头,打算出发。

卫白拍了一下自己的坐骑,示意它可以出发了。那只猫头鹰本来是打着瞌睡的,让主人一拍,突然间清醒了过来,脸突然转向了卫白。卫白差点儿被它吓死,从背上掉了下来。这只猫头鹰本来就没有脖子,转头就像闹着玩儿似的,卫白早就提醒过它很多次不要突然转头,但是它好像把主人的话全部当作耳旁风了。

"你吓死我了,你吓死我了!"卫白一边捂着胸口,一边拍打自己的坐骑,"和你说了多少次了,别转头,别转头!"

"好啦,走吧!"

一行人叽叽喳喳、浩浩荡荡地驶出了星宫。

大约过了将近半个月,这一行人才走到赤族的边境。不过这对于他们来说已经是很好的了,因为他们的法术和能力都还没有达到可以日行万里的地步。

一行人一开始还是兴致勃勃的,等到了赤族的地界,一个个都像霜打的茄子一般没了精神。

星女更是如此,因为年幼时常常随着长姐游历各族,所以对这里的一切事物都不如像其他人那般好奇。

站在赤族的洞口，星女在安得背上已经快睡着了。跟着赤仆走进属于自己的寝殿后，一倒头便躺在那石头床上面睡熟了。等星女再次醒来的时候，已经闻到了饭菜的香味，她走出山洞，伸了一个大大的懒腰，阳光的余晖洒在草坪上面，来来往往的赤仆们端着满盘的珍馐从她身旁路过。星女随意地挑了一颗品相上佳的梨，回到洞中，本想着一边躺在床上一边吃梨，可是正吃得起劲儿时突然听到了若有若无的谈话之声。

星女站起来，向洞的深处走去。

"王后身体不好，我想你一定不希望她病上加病吧。"一个男子的声音。

借着洞外透过来的光，星女依稀看到一个女子和一个男子坐在石桌周围，旁边是半露天的瀑布。那女子仿佛有什么难处，坐了一会儿便站起身来，来回踱步，那男子反而一脸泰然，安稳地品尝着杯中的美酒。

"你究竟想要如何？"女子转过身来问道。

星女依稀辨出那女子是书瑶。

"很简单，今日你看到的一切都给我咽回你的肚子里。"

"你做梦！你偷盗父王的令牌，与玄族的人勾结，你知不知道这是谋逆之罪！"

"那又如何呢？你有什么证据吗？你觉得你父王和母后会信你的话吗？"那男子站起身来，轻轻地抚摸书瑶的脸，满脸的轻佻之意，"且不说你父王和母后特别相信我，就凭他们没有儿子这一点，赤族的旧族就能让他们下台。他们如今也是半副骨头迈进棺材的人了，你的后半生可全都得仰仗我，无论你多优秀，我叫你当狗，你不敢做人！"

书瑶紧紧地闭上双眼,她实在是不想看到眼前这个跟畜生一般的人。

星女再也忍不住了,上前一把打开了赤斯的爪子,抱住了书瑶。

"赤族曾经也在七界十族之中位列前茅,只可惜太过于墨守成规才导致今日的现状,如今赤族内部,无论是新族还是旧族,双方都有进步之意。这要是在以前,赤族的公主是万万不能读书的,如今书瑶在神榜上位列前三,这就是赤族的新兆。"

赤斯本来正一门心思地羞辱书瑶,见星女突然出现,自知刚才的话已经被听到,心下思量了一下自己不是星女的对手,便讪讪地离开了。

书瑶将头伏在星女的肩膀上,久久没有说话,但是星女知道她心里一定很难受,因为自己的肩膀已经被泪水浸湿了一大片。

"或许他是对的,我即使再优秀,再去神校读书都没有用。"

星女见书瑶说出这么丧气的话,便突然一本正经起来,看着她严肃地说道:"以后不可以再说这么丧气的话,你得庆幸自己是赤族唯一读过神校的公主,最起码与这里的其他女孩子相比,你是最清醒的一个。"

书瑶抱着她,头倚在星女的肩膀上。

"错的是他们,而不是你,更不是因为你是女子。这样的制度终究会走向灭亡,既然生在这样的时代,那么就只得辛苦你做这第一位持刀者。"

星女轻轻地拍了拍书瑶的后背。

几朵睡莲浅浅地漂浮在池子上面,山洞上面露出一隅天空,白鸟从上空掠过。

第十章　赤族偶遇离奇事件

　　星女等一众小殿下们受到了赤王的正式邀请，星女磨着书瑶给自己找几件她觉得最好看的衣裳，但是最后却一件都没有看上。

　　"这些还不如我身上穿的这件呢。"星女有些无奈地说道。

　　"你都穿这件衣服多少天了，这里不比星宫，你闻闻，怕是都有汗味了。"

　　"哪里的汗味？"星女深信不疑地把鼻子凑了上去，果然，一股刺鼻的味道迎面而来。

　　"这件就这件吧。"星女拿走了书瑶手上那件浅粉色的衣裳。

　　赤族的食物多半以稀奇的瓜果为主，星女在赤族待过一段时日，觉得这里的食物总是又凉又硬，一点儿也不符合她的胃口。

　　赤宫之上，赤王一脸和蔼地问道："不知道各位小殿下来我宫中住得是否习惯啊？"

　　"甚好，多谢赤王款待。"众殿下从位置上站起来行礼。

　　"你们若是有什么需求，只管和瑶儿说。"赤王笑呵呵地摸着他长长的须子。

"王上尽管放心，我一定会帮助瑶儿的。"

赤斯站起来，一副忙着邀功的模样，星女此刻真的是想把眼睛翻到后脑勺，她实在不知道赤伯伯为什么会信任这种人。

"我觉得赤斯说得对，赤伯伯。赤斯为了让我们体验赤族的生活，特意给我们安排了睡不惯的石板床，虽然和星宫的云床不一样，但是每日一边看着窗外飘来的细雨，一边睡着石头床，那感觉别说多棒了。"星女掩面笑道。

赤殿之上，赤王的脸拉成了一道黑线，虽然想责骂赤斯，但是奈何周围有很多人，便也给他留了情面。待众人都离开之后，赤王独自叫赤斯留下来，开始大声地责骂。

"哈哈哈哈……"一群人走出赤宫，不由得捧腹大笑。

"我看他以后还敢不敢轻视你。"星女走到书瑶的身边，拍了拍她的肩膀说道。

"今天真的解气，走，我请你们去九阳山上面吃野味。"

卫白在前面手舞足蹈地领路——对于卫白和星女来说，赤族的一切他们都再熟悉不过了，毕竟是从小一起长大的情分。

不知道是不是心情好的原因，阴沉了许多天的天空此时突然间变得晴朗无云，空气中充满了初春的味道。星女从路边摘了一朵野花想给云峥戴在耳畔，但云峥死活不愿意，两个人就这样打打闹闹，惹得众人大笑。没过多久，他们就到了山顶，这九阳山的好风光在七界之中可是出了名的。

站在九阳山顶，整个赤族的美景一览无余，夕阳透过薄雾洒满整座山头。他们围坐在一起，点燃了篝火，书瑶挖出了自己藏在树下的樱桃酒，几个人喝酒划拳，玩得不亦乐乎。等到火堆差不多灭了，众人便四躺八仰地倒在了厚厚的青草上面，夕阳恋恋不舍地抽走最后一丝光亮，初月的华光便如同青色的纱幔一般罩在每个人的脸上。

星女见众人都沉沉地睡了过去，便站起身来，抱了一些还未吃完的瓜果向山下走去。

喂完了山下的坐骑，拍拍手，清冷的月光透过长满花骨朵的枝头，温柔地洒在她的脸上。可是还未来得及好好观赏下这美妙的月色，几声闷雷过后，柔细的雨丝便落在了她的发梢上。星女见势不好，一挥衣袖，瞬间飞到了山顶。大家似乎还不知道大雨的到来，星女摇了摇头，略感无奈，闭上眼睛，心中默念施法，一个透明的结界便凭空蔓延出来，雨水滴落在上面，继而顺着光滑的表面滑落在青草上。四周鼾声轻起，星女脱掉身上的青色斗篷，盖在了书瑶的身上。她看着远处的景色发呆，坐了一会儿感觉有些乏味，便轻碰结界，那结界开了一个小门，几片落叶瞬间被风吹了进来，等她走出去，结界瞬间在她身后闭合，一切仿佛什么都没有发生过一般。

衣裳是云布做的，雨水滴在上面后又化作一颗颗透亮的水珠滚落下来，星女伸手施法，手中便多了一把透明的小伞，突然觉得手感不对，摸起来黏糊糊的，低头一看，原是背错了口诀，手中的雨伞变成了一只肉乎乎的癞蛤蟆。

星女急忙脱手扔掉，她虽然不讨厌这个生灵，而且法老说过这世间所有生灵都是平等的，但是她还是无法用同样的心态来对待兔子和蛤蟆，还是避免不了以貌取人。

那只癞蛤蟆似乎也不怎么待见她，转身后嫌弃地看了她一眼，就屁股一扭一扭地钻进了草丛里面。

星女一边怀疑自己刚刚是不是看错了，一边从头上拔下了发簪，接着又念起了避水咒，雨水便纷纷扬扬地从她身边躲避开了，脚步所到之处，水也向四周快速流动。

越往丛林深处走，越觉得景色绮丽，不愿意返回，越过了断崖，只看见黑暗之处的远方有星星点点的亮光，星女好奇心大发，想想自己反正闲来无事，便顺着亮光的地方走去。不知走了多久，才看到那亮光原来是从一个悬崖半壁上发出来的，星女站在下面，仰头仔细观察了一会儿，觉得没有什么大碍便纵身一跃飞了上去。刚走到洞里，一股暖流和着暗香迎面而来。星女继续向洞中走去，依稀听到一阵呜咽之声，走近了一瞧，原来是两个长相貌美的赤族女子正被捆绑着，见星女来了，两个人便吧嗒吧嗒地掉下了眼泪。

"她们可能是把我当什么坏人了吧？"星女一边想着，一边取下了她们嘴里的丝巾。

"你们走吧。"那两个女子见星女放了自己，也顾不上许多，便慌慌张张地从洞口逃了出去。

星女见她们离开，刚想要走，却还是犹豫了一下，鼓起勇气又向洞中走去。四周变得越发诡秘黑暗，一股淡淡的腥臭味向鼻尖涌来，借助腰间的星佩，她看到一个长着长长的白头发的男子正倚在石床上打着盹儿。星女可以清晰地看到他的双手和双脚都被铐着。

星女自知闯了祸事，心头预感不妙，便蹑手蹑脚地想要原路返回，却突然被脚下的石头绊倒，安静的洞中突然有了回响，星女转身一瞧，那个白发男子正慢慢地爬起来，看她如同饥饿许久的豹子正在看一只肥美的母鸡。

"对，呵呵，对不起，打，打扰了。"星女一脸尴尬，满脸堆笑地说着抱歉。

但是那个男子却像疯了一般向她扑来。星女闭上眼睛，双腿抖得向筛糠一般。那魔头扑来的时候，她都能感觉到他腥臭的口水飞溅在了她的脸上。可是等了一会儿还是没有动静，星女睁开眼睛，原来那白发魔头因被铁链拴着动弹不得，正一脸愤怒地盯着她看。星女哪顾得上这些，连滚带爬地逃出了洞口，本想着松了一口气，谁承想那魔头却突然间挣脱了铁链向她迎面扑来，吓得她连头都不敢回，拔腿就跑。

不知道连飞带跑了多久，星女累得连气都喘不上来，可转头一看，那个魔头竟然还跟着自己，她心下责怪自己平时不用功，导致一到关键时刻什么法术都使不出来，连飞行术都只能使用十几分钟，星女一边后悔，一边向前面的丛林跑去，随便选了一棵树爬了上去。那魔头也随即跟了上来，找不到星女的身影，便一棵一棵树使劲地嗅她的味道。星女不禁闻了闻自己，自己的体味难道这么大吗？他竟然能够靠着气味来找自己。

那魔头依旧不厌其烦地一棵树一棵树地排查，眼瞅着就快要找到自己的时候，突然间星女被一双手捂住了嘴巴。

"别呼吸，这样他就找不到你了。"

星女不禁想，别呼吸？那自己岂不就死了？

那人见她没有动静，无奈地说道："用闭气术。"

见星女还是没有任何反应，那人便点了她的穴道。魔头突然察觉到自己再闻不到星女身上的味道的时候，开始气急败坏地啃树，啃得满嘴满身都是血。离潋似乎突然间觉得有些于心不忍，便飞下来径直向那个白发魔头走去。那魔头看见离潋，怒气冲冲地一口咬住了他的肩膀，青色的衣服瞬间就被鲜血浸透了。

借着雨后的月光，星女看见离潋紧锁眉头，没有什么反应，空气中飘来的泥土的清香混合着一丝淡淡的血腥气。

等再次回到九阳山的时候,已经是清晨了。阳光透过淡淡的薄雾,照射在一颗颗漂亮的露珠上面。

卫白一见到星女就拉着她不放,开始大喊:"快来人啊,我找到她了,找到了!"

众人一听这声音,纷纷拥了上来,星女一脸无辜而尴尬地看着大家。

"你去哪儿了啊?我们找了你好久,吓死人了!"书瑶抱怨道。

星女转过身,离潋消失在了薄薄的雾色之中。

第十一章　念奴出嫁

　　青梦说过好几次不让星女在休息的时候喂安得吃食，但是星女一次都没有听过——安得的体型比别的动物大些，自然也饿得快些，星女不想让安得总是饿着肚子。

　　晚上用完晚膳之后，星女对星仆说："你把那盘水果留下吧，我最近总是觉得口渴。"星仆便将那碗水果端在了桌子上，收拾完东西后蹑手蹑脚地关上殿门出去了。星女假装打起了呼噜声，见外面突然没有了声音，便一把扔掉怀中正在熟睡的星子宝宝，偷偷地飞下云床，翻出窗户，越过那片韦陀花海，走到了安得旁边。

　　"快吃吧！"星女摸了摸安得的头，轻声地说道。

　　安得用鼻子碰了碰她的脸颊，然后就埋头吃起来，等它吃完后，星女蹑手蹑脚地走到自己的寝殿门口，听到了长姐和二姐轻微的说话声。

　　"他原来在这六界之中、家内家外拈花惹草是出了名的，况且还有一个嚣张跋扈的正室，你去了不是正的不说，就是他的原配也要给你气受吧？"

青梦眉头紧锁，一脸痛苦的神色。念奴笑了笑，握了握青梦的手。

"说白了，如今现在的星族早就朝不保夕了，明眼人恐怕是都能看得到，如若现在不寻得外援，恐怕我们就撑不下去了。"

念奴看看远处平静的星河，再静静地看看那些属于她的子民，自星族和龙族大战之后，虽然星族表面上胜利了，且继续占据着九重天上的位置，但也只是外强中干，没有一兵一卒了。倘若他人熟知他们的情况，恐怕没有人不惊叹他们竟可以撑到现在吧？

"这不是作为星族公主应该做的事情吗？父王没有男孩，我们就要比男子还要勇敢。"

天地之间，七界之内，即将迎来一场盛大的喜事，那就是邱族的大太子即将迎娶星族的二公主念奴为妻。

消息一出，神界三族好不热闹！

念奴更是忙里忙外，万事都要亲自过目才行，来往的请帖、需要的礼品以及必须了解的礼数，这些都是大的工程。星女看着二姐这么疲倦，也想上前来帮助她。念奴笑着对她说："以后这些你自会经历，没必要这么早就参与这些。"说着，把星女推出了门外，然后点亮了星空，独自坐在大殿门前清点礼品。

星女犹豫了一下，转过身朝自己的寝殿走去，突然间好似又想起了什么，转身问念奴："姐姐，你爱他吗？"

念奴好像被这话惊了一下，停下了手中的活儿，走到星女面前，捏了捏她的小脸，说："你又是从哪里学来的这妖话？"

"我们史卷老师说了，凡人都是因为相爱才会结婚的⋯⋯"

念奴看着星女，沉思良久后说道："我们和他们不同，我们居住在神界，受到各族的奉养和礼拜，而为了维持这样的地位和尊荣，各族必须相互联姻才能维持地位的稳固。而那些凡人胸无大志，早早就退出了七界的纷争，只得依靠耕织来维系生活。那些凡人本以为自己可以独享太平，可是他们的后代久而久之也开始了争夺统治地位的纷争。所以，人们追求的清净，这世间恐怕是没有的，既然逃不过这些，我们为什么不迎头而上，把权力牢牢地攥在自己手里？"

星女怔怔地看着二姐，一副没太听明白的样子。

这时，青梦抱着账单飞到她们身边，笑着和念奴说道："她还小，什么都不懂。"

念奴直起身来，望着远处说道："是啊，她还小，怎么会懂得国破族灭时血流成河的景象？这世间之道，无非就是分久必合、合久必分，七界安定已经数亿年了，恐怕有些族类早就觊觎这神界许久了。"

青梦走到念奴身边，轻轻地拍了拍她的肩膀，说："他虽然资质愚笨，却还是个温良可靠之人，日后邱族有你辅佐，定是不会差的。"

念奴转过身，拍拍青梦的手，淡淡地笑道："还能怎么样呢？要是让他们知道我们早就没有了一兵一卒，恐怕能把我们生吞了吧？"

"你也无须顾虑，我每日都让会星女照常去放牧群星，他们恐怕还看不出什么异常之处，还以为星宫仍旧有仙官放牧，一切都显得井井有条呢。等他们发现了，我或许早就为神王生了嫡子，手里有了一半的兵权，他们是万万不敢动星族半分的。"

念奴叹了一口气,说道:"但愿如此吧。"

邱族离神界很远很远,因为起得十分早,路途又十分遥远,念奴便在轿子里面昏昏欲睡了。

不知过了多久,只听得轿子外面的喜婆轻声地叫道:"殿下,殿下,我们到了。"

念奴被喜婆叫醒,忙着回应了几声后便扶起轿帘看向外边。

这邱泽是邱族的三太子,听说他母妃很是得宠,但是他却是一个不学无术的昏庸之人,万事只听他母亲的。他的大夫人是容族的嫡公主,刚开始容族强大的时候还很受宠爱,所以性格十分跋扈,不过容族后来灭亡了,她也就犹如老鹰失去了利爪一般,没什么威胁了。

陪嫁的仆人在旁边说道:"公主,小心脚下,我们马上就到大帐了。"

按照礼数,到了大帐才能掀开盖头。帐内昏暗的光线并没有让念奴觉得十分刺眼,她环顾四周,只见迎面走来一位穿着打扮十分华贵的夫人,身边被四个丫头簇拥着,面容略比着装老显得帐态些。

念奴想着之前并未听说自己的公公有母后或是祖母,只是听说邱王的大王妃比他整整大几万岁,想来便是这个人了,便主动迎了上去。

"是公主殿下吧?之前在星官的时候便听说过您。"那妇人愣了愣,转而开始大笑,"我是邱泽的母妃,也是大王妃。"

"啊,恕儿臣冒昧,儿臣唐突了。"

大王妃看她这样恭敬懂礼,不由得喜从中来,心下想着,怪不得是神界的人，就是不一样，便拉着她的手亲昵地坐了下来，仔细地瞧着。

"听说，你曾经在神校的法术练习好得很？"大王妃问道。

"不敢当。"念奴低头颔首笑道。

"嘀，真是个好孩子，邱泽那个蠢货，当初念了一半就被学校给退了回来，能娶到你原是他的福气！"

念奴浅浅地笑了笑，说道："我原是什么都不会的，只是懂些无用的文字皮毛罢了。"

大王妃爽朗地笑着，昏暗的灯光下，越看新媳妇越觉得顺眼。

第十二章　扳倒劲敌

偏帐内，念奴正一边看账本，一边揉着突突跳的太阳穴，突然间一阵哭声从外面传来。

"邱泽，你也真是长了本事了！你有本事就给我把她娶回来！说我是毒妇，我倒要看看那个贱人给你灌什么迷魂汤药了！"

"我说你别把话说得这么难听，自古以来哪个男人不是三妻四妾，哪个女子不是靠夫家养活？"

"我靠你养活？你是个什么东西，要不是我父王没了，我能受你这种窝囊气？也就是西帐里面那个能容忍你左一个右一个，我这是什么命啊？"

"东帐又怎么了？"念奴一边翻着账本，一边问道。

"应该是太子殿下要娶玄族婢女的事儿。"婢女回复道。

念奴看着帐外的黄沙，不禁觉得可笑。这大夫人虽然看起来跋扈，却并不算是一个厉害角色，每天只懂得一哭二闹三上吊，想到这里，她不由得心里豁朗了起来，把头上的金钗拿下来挑了挑灯

芯。

　　话说这邱泽也真是不成气候，自己虽蠢笨如猪却总是喜欢一些有才气且灵秀的女子。听说那个玄族的婢女不过是因为弹了一首好听的箜篌便赢得了邱泽的青睐，全然不顾她只是一个婢子。大王妃觉得十分丢脸，但是又没有办法，毕竟自己只有这一个孩儿，总不能看着他一哭二闹三上吊吧，所以在试探完念奴的态度之后便偷偷地安排那个婢子进帐给邱泽当了妾。但是大夫人善妒，是一定不会同意的，所以也没有人事先告诉给她。可是照现在看来，还不如事先告诉她比较好。

　　念奴因为识大体而且精明会算计，深得大王妃的喜爱，大王妃便让她索性管起了族内后宫的事物，自己则落得个清闲。

　　日子一天天地过去了，那个玄族的婢子终于被接了回来。念奴得知消息后便放下手中的账簿起身出去迎接。

　　远远地只见那女子身着一袭红色，在黄沙漫天的邱族显得格外显眼，念奴没有辨清那人的面孔便走上前去，拉起她的手。

　　"哟，这不是妹妹嘛！哎，你说我这每天忙里忙外的，早就告诉他让去接你了，怎么现在才把这么个标志人物给接回来。"

　　"姐姐好。"

　　那女子抬起头，即使隔着面纱，那一双好看的眉眼也足够摄人魂魄了。念奴一边这样想着，一边拉起那女子的手向帐篷内走去。

　　话说这女子也的确受宠，虽然之前仅仅是一个在玄族喂养鱼的婢子，奈何貌美且性格温和，因此受到了长辈上下一致好评，不久便被封为三夫人。这大夫人可是看在眼里记恨在了心里，每日在东帐里面不是哭泣就是骂人，最后索性连人都不愿意见了，妆也不化了，整日披头散发地坐在床上，邱泽更是不待见她了。

邱族的夜晚十分寒冷，念奴躺下后，又命侍女多给自己加了一层羊绒毯子。外面狂风怒吼，念奴翻来覆去久久不能入眠，刚迷迷糊糊地睡着了突然听见下面的帐子内传来一声尖叫。她赶紧让侍女点起了煤油灯，打算出去看看，走到下帐，见一群人都围在那里。

念奴拨开人群，只见大夫人正披头散发地蹲在角落，三夫人的手臂上多了一条深深的血口。

那三夫人见邱泽来了，便跪在他的面前瑟瑟发抖地哭诉道："大、大夫人想杀了我……"

"我，我没有，是她告诉我说要教我如何挽回大王的心，她说要给我试好看的衣服，但是衣服脱掉一半，她便拿剪子开始往自己的手臂上划……"

"大王，大夫人疯魔了。"三夫人一边哭诉，一边抖动着肩膀。

念奴见状，心下想着大夫人虽然跋扈一些，但是却不会恶毒至此，便推脱自己的身体不舒服，见血就晕，大王妃便让念奴回去歇息，她来亲自料理这件事。

结果当然是不出意外地处罚了大夫人，念奴内心叹着气，却也没有他法。

邱族的冬季就要来了，念奴命仆人将马骥中的干草放得更多一些。

侍仆走了进来，拍了拍身上的雪说道："今年的雪似乎要比往年更大一些。"

念奴笑笑，将自己手中的暖炉递了过去，然后将桌上的蜜饯也推到了侍女那边。

"公主，为什么要原谅她呢，她曾经也找了你不少麻烦呢。"

念奴笑了笑，问道："原谅谁？"

"公主让在马骥里多加一些干草，难道不是因为大夫人吗？"

念奴将手中的账本合上，望着窗户外面漫天的大雪叹了一口气。过了许久，她才说道："你以为大夫人沦落至此，是因为她平日的骄横还有三夫人吗？原是她身后的容族败落了而已，这就是邱族，嫁过来前我就已经领教过。"

大夫人终究还是没有熬过那个寒冬，在寒风里面蜷缩着，离开了这个世界。

东帐内，念奴正在镜子前面用清水擦拭着眼角周围的沙土。

"我真是没有想到，邱族的风沙竟然这样大。"

"夫人下次出去还是要戴上头巾才好。"

"哎，活得越来越像邱族的人了。"念奴一般擦拭着眼睛，一边吩咐道，"对了，三夫人曾经送我的那条橙色的头巾给我拿出来吧。"

侍女便从柜子之中找了出来，灯光之下，念奴突然觉得丝巾地颜色有些变化，但是也没多想，还是将头巾戴了上去，又闻着味道有些怪异，便叫来了侍女。那侍女原本就是在星族内当御医的，一开始还没有怎么注意，经念奴一说便拿着那条纱巾仔细地在灯下瞧了瞧。

"这头巾一定是在彼岸花里面浸泡过，还好公主当时没有戴。"

彼岸花是邱族的一种剧毒花朵，这是人人都知道的，只是念奴没有料到那位三夫人竟然如此狠毒，毒害了大夫人不说，现在还想将自己取而代之。

"看来我还真是小看这个三太子妃了，留着吧，保不定以后能派上什么用场呢。"

大帐内。

邱王和大王妃坐在王座上面，念奴和邱泽坐在下面，摆弄着仆人刚端上来的炭火。

"今年的马匹和羊群的饲料都不如往年多，只怕是这个寒季难熬啊！"

"儿臣有一计策。儿臣年少时，凡间还未退出七界十族，我也曾有幸阅得人间史卷。上面有记载，凡人用我们焚烧的秸秆作为马匹和羊群的饲料，而用它们的粪便作为燃料，我们不如也试试这种方法——肉马用秸秆来喂，战马还是用原来的仙草，平时各个大帐内的燃料就用马粪，这样就可以节省很多的仙草留存着寒冬季或者作战时使用。"

"这倒是一个好计策，但是就是不知这肉马是否吃秸秆。"

"吃的，我屋内的小骏马因为换了口味，很是喜欢呢。"

念奴站起来，将邱王杯内的奶茶填满。

"如此甚好啊！"邱王满意地点了点头。

念奴刚把奶茶壶放好，打算坐回原位，却一个踉跄摔倒在地。

邱王和大王妃见此状，大惊，赶紧上前询问状况。

"没事儿，父王、母后不必忧虑，想是最近为马匹粮草之事有些操劳了。"

"殿下，您为什么还为她遮掩？"

邱王和大王妃不禁面面相觑。

"到底是怎么回事？但说无妨。"大王妃示意婢女。

"是三夫人,她送给娘娘的头巾用毒液浸泡过,娘娘不知道围了好久,后来被邱医发现了。奈何主子心软,还不让告诉邱王和大王妃。"

大王妃的面色突然间变得很难看。

"这种歹毒之人还把她留在帐内干什么?让她选个死法吧。"

第十三章　封神大典

　　星女的成绩越来越好，尤其灵术，甚至超越了云峥，直接位列大榜上的第一位。这在之前是从未有过的，卫白激动地拉着星女在大榜下面又唱又跳，不过星女显得似乎并没有那么高兴。

　　在天族的青梦和在邱族的念奴得知自己的妹妹位列大榜第一，不由得喜从中来。青梦内心明白，其实她和念奴之所以位列第一，很大程度上都是靠自己的努力得来的，她俩对于灵术并没有什么先天的优势，但是星女就不一样了。父亲曾经对她说过，星女刚一出生，星灵就绽放出异样的光芒，所以整个星族的人也对其给予厚望。奈何她一直对学术毫无兴趣，如今看来，恐怕是顿悟了。

　　学完所有的课程和仙法就意味着他们可以正式被授封为神。在封神大典上，成绩最优异的学子将被授予神位。星女知道云峥已经为这次机会准备了好多年，她也明白他十分看重这个位置，但是这个位置现在对于她来说又何尝不是无比重要呢？

　　星宫得知最小的公主被封为了神，上下一片喜庆，但是星女一

副心事重重的样子，似乎并没有那么开心。

洛儿看着星镜中的星女一脸忧伤，仿佛根本提不起什么兴致。她想问，但是话到嘴边还是深深地咽了回去，她拿起梳妆台上的白孔雀毛，轻轻地向星女的脸上扫去，那苍白的面颊瞬间泛起了一抹红晕。

"殿下，时候不早了。"洛儿轻轻地拍了拍星女的肩膀，说道。

星女望着星镜中的自己，发髻被高高地梳起，一顶华贵的星冠戴在她的头上。随后，星仆为她穿上了一层白色的云衣。她轻轻地晃动一下头，耳边的那对明月珰顿时发出清脆而悦耳的声音，散发着柔和的光。她一挥衣袖，星镜便散落成无数颗星子从大大的窗户里飞出，飞向冰凉的夜色之中。

洛儿一声令下，星宫寝殿的大门就被打开了，星仆如同轻盈的尘埃一般散落在两旁。星女脱掉鞋，露出娇俏而雪白的双脚，从她们身边走过时，星族的长老们开始向她的头顶洒圣水。星女闭着眼睛，走出殿外，卫白此时正一脸欣慰地看着她，见她走到自己的面前就伸出了手臂，温柔地笑道："走吧，我的公主殿下。"

星女被扶着上了星桥，所有的臣子都在桥下跪拜，天空中的繁星也都在她的脚下，夜风吹起她的衣袖，她静静地看着这些，宛如高洁的圣女一般。

星船绕着星宫的上空飞了一圈之后，就向御神台驶去。星女看着下面熙熙攘攘的人群，书瑶此时正端着一杯佳酿与一个不知名的小殿下侃侃而谈。星船停在御神台的上空，卫白扶着星女走了下来，星船瞬间化成一股青烟萦绕在他们的身边。

一路见了很多人，星女接受着大家的朝拜，向他们频频点头，却还是没有发现云峥的身影。傍晚时刻，终于到了御神的环节，星女跪在神王的脚下，神王念着咒语，她头上的星光瞬间变成了一顶嵌满太阳石的宝冠，金丝斗篷加身，手持神珠宝杖，众人皆跪倒在地。星女抬起头，看见远处的地平线上，夕阳正一寸寸地掉落……

孔明灯向空中飞去，人群之中，她看见了云峥在冲她微笑。

她也笑了。

御神台亿万年的千里冰封瞬间融化，她身后漫山遍野的鲜花都盛开了。

御神礼结束后，星女便急急忙忙地冲下台去。她也不知道为什么，只是想找云峥把话都说清楚罢了，但是却怎么都找不到。她很是郁闷，躲开那些喧闹的人群，自己找了一块儿安静清闲的地方。

"你在这儿干什么？"离潋远远地看见她一个人坐在自己用水袖做成的秋千上面。见星女不想和自己搭话，又自言自语地说道："你可是今日的主角啊！"

"你来干什么？"星女面无表情地问道，一甩衣袖，那洁白的绸缎便牢牢地挂住了那满树开满鲜花的枝头。

"当然是来恭喜你啊！"

离潋靠着身后的树，一脸嬉笑的表情。星女没有说话，久久地，只是抬起头，那琉璃一般的湛蓝的天空透过枝丫倒映在她清澈的眸子里，细碎的花瓣伴着淡香纷纷凋零，她完美的侧脸弧线在花瓣翻飞的光线里若隐若现。花瓣落尽之时，鹅毛大雪从深空之中缓缓降落。

星女的睫毛很长，雪化在上面，变成了一颗颗晶莹的露珠，她单薄的白衣融入纯净的雪景之中，仿佛轻烟薄雾，似真似幻，实非凡尘之染。

"你说，我们这些人一定要争到头破血流才能功成名就吗？"

离潋怔了怔，没有说话，拿起腰间的玉佩无聊地摆弄起来。

"我看神史上有记载人间，那里和我们这里应该不一样吧？"星女又说道，像是说给自己听。

"怎会不一样？这世间，无论是神还是人，都对权力存在着至高无上的渴望。因为有了权力，就意味着有了想要的一切。"

星女没有说话，仍旧抬头看着天空，很久之后发出一声冷笑。

"我和你说这些干什么？我们原本就是两路人的。"

离潋盯着星女看了一会儿，开口说道："为了你封神，我还特意备了一份好礼，是……"

"是什么？不会是你在神校为了取血而杀掉的那几个无辜的神仆吧？你别以为我不知道你们私下里干的勾当，你会遭到报应的。"

离潋还想说什么，星女却没有什么耐心听下去，她挥挥手将衣袖收回，树枝上面的花簇受到了惊动，伴随着深空飘落的大雪纷飞在她的身后。

离潋站在原地，他转身看着星女离去的身影，目光淡淡，一如未起涟漪的湖面般平静。

第十四章　大婚背后

星宫内，青梦一脸恨铁不成钢的模样。

"这个云峥，恐怕是虚有其表的品行不端之辈！"

"你凭什么那么说他？"星女站起来，一副伤了自尊的模样。

"就凭我说的是事实！"青梦盯着星女的眼睛，一字一顿地说道，"龙族自古以来和我们星族就有着血海深仇，云峥的爷爷和我们的父王为了争夺神界，双双被压到龙岩山下，这么些年他们费尽心机，你凭什么认为云峥不是他们其中之一呢？"

"他对我说过，我是他遇到的最特别的人！"

"所以呢？你凭着这一句话就可以肯定他全部的心思吗？你凭着这一句话就认为你是最特殊的吗？他若不是垂涎我们的地位，你以为你是谁？"

青梦拍桌而起，怒不可遏。

"他和其他人不一样。"星女一脸坚定。

"每一个人都认为自己认定的事和其他人不同。"

"你们凭什么管我?你们有什么权力?"

一旁的念奴沉默地看着她和青梦,突然站起身来,一巴掌冲星女的脸上扇了过去。星女一脸不可思议地看着这个从小疼到她大且未曾骂过她一句的二姐,怔住。

"我现在才是星族的王,你们谁都管不了我!"

星女说完,便红着眼圈,转身跑出了星宫。

"念奴——"青梦的语气里略微有些责怪之意,"原是我惯坏了她,让她生活得无忧无虑,所以是非不分。"

"人人都想求得别人的那一份偏爱,可这世界上所有的偏爱,除了父母和亲人,都是需要等价交换的。"

念奴坐在王位上面,无奈地摇了摇头。

"都不值钱。"

青梦也坐在了王座上面,叹了一口气。

大婚之日即将来临,神族上下忙忙碌碌。星宫一向以空灵和寂寥为美,现在却也装扮得极为奢华和喜庆。星女在自己的寝殿里坐卧不安,身上的喜袍如同红色的潮水在洁白的大理石地面徐徐滑过,红色的珠帘下面流露出她按捺不住的喜悦。

"时辰已到,请太子妃移驾!"这时,两扇巨大的殿门突然被打开,星仆们如同轻盈的尘埃般飘落,纷纷站立两旁。

星女见状,赶忙施法放下了面前的那帘珠翠。

星灵积聚,在她的脚下铺展开来,荡漾在云端,形成了一座星光粼粼的长桥。

星女被天婢搀扶着,轻轻地踏了上去,一双琉璃鞋在星光的映衬下熠熠生辉。桥的尽头是银河,那里浩浩荡荡停泊着几万条喜船，等着她的到来。喜船划过那没有一点儿波纹如同明镜般的河面，继而又飞向空中，远远望去，仿若在夜色里飘摇着得一条红色丝带。星女撩起船帘扭头观望，她离星宫越来越遥远，渐渐模糊在远方。

　　月色越来越稀薄，意味着她离星宫越来越遥远，星女甚至可以闻到远处咸咸的海水的味道。

　　回想起自己小时候和云峥初遇的场景，当时的自己贪婪地闻着他身上的桃花香气，而他手捧一本法卷，身着一袭白衣，背靠着神树安详地熟睡着。年幼时的感情总是那么的纯真美好，即使后来她为了自己的族类不得不与他竞争，而他尽管那么在意名位，却也依旧喜欢她。

　　终于到了龙宫。

　　星女笑着闭上眼睛，笑着下了喜船，笑着被喜婆拉下来跨过一条条门槛。

　　"殿下，接下来要拜天地了。"喜婆在旁边小声地提醒道。

　　龙宫里的一切显得都很陈旧，自几万年前龙族反叛被星族镇压之后，便再也没有了昔日的光辉璀璨。然而，高高的飞檐下面仍旧挂着喜气洋洋的灯笼，古红色的雕花窗上仍旧贴着大大的喜字，大婚时需要的布置和该有的礼数，一样都没落下。

　　"他只要对我用心就足够了。"星女这样想着，嘴角不由得淡淡上扬。

　　昔日昏暗的大殿里面已经布满了蜡烛，那些古老的陈设在烛光里显得格外温馨。

　　透过面前的珠帘，星女依稀可以看到正在大殿之上等自己的那个人。他被仆人搀扶着向自己走了过来，她也被喜婆搀扶着走上前去。

珠帘微摇，发出清脆的声响。

拜过天地，拜过高堂，转而俩人四目相对，夫妻对拜。

透过珠帘，星女这才仔细地看到自己面前的新郎官根本就不是云峥。她一把拉开珠帘，只见对面那个伪新郎正一脸痴态地看着自己，笑嘻嘻的，嘴角还流着口水——这人根本不是云峥，而是云峥那个痴傻的哥哥。

"云峥呢？你们好大的胆子，竟敢欺骗本公主！"

星女一把将面前的珠帘扯了下来，只见龙王和离潋都坐在高堂之上。

"公主？"龙王一脸不屑地摸着自己面前的胡须，"你现在连家都没有了，你们星族早就没有一兵一卒了，却还占据着神界家族之一，你们以为我们都是傻子吗？"

"我大姐和二姐，你们把她们怎么了？"

四下一片寂静，没有人回答她的话。星女一脸无助地看着离潋，离潋也看着她，神色复杂，没有任何话语。龙王轻轻地挥挥手，示意身边的龙仆。

那两个仆人走上前去，一把摁住星女的头，逼迫着她和龙族的长子拜了对拜。云峥走上前来，默念了几句咒语，她便倒在地上，动弹不得，只能眼睁睁地看着那些人把自己放到里屋的床榻之上。

星女被施了法术，呆呆地坐在喜房里面。她一边听着外面热闹的声音，一边回忆自己学过的法术，可是施了很多种类的法术却还是解不开龙族的禁锢术。

星女被困在了龙族，所以全然不知外面早就已经翻天覆地了。

星族并没有防卫的兵马，不久之后就被其他族的人知道了，龙族、玄族和岐族一起联合攻下了星族。青梦刚刚生下太子，就跪在神王面前请求神王按照神律，给予自己一半的兵权以帮助自己的母族，但是神王没有同意。于是青梦就带着自己神后的一只铁骑去支援自己的母族，可是最终也没有成功——她战死在了星宫前。而对于这一切，星女却因为被锁在龙宫而茫然不知。

神界被推翻，星族被灭族，仅有天族仍旧留存在神界，但势力却早就不似当年。

话说邱族的一切虽然被念奴治理得井井有条，但是奈何她的手上缺少了最重要的兵权，所以根本无法出兵去保护母家。

"母后，求您出兵支援我的母家。"

大帐里面，念奴跪倒在大王妃的面前。

"不是我不出兵帮忙，实在是你的母族早就无力回天，难道你连这个都弄不明白吗？"

"母后，求您看在儿臣这么多年为邱家任劳任怨的分上，帮帮我的母家。"

"唉！我看你是累了。这么多年了，以后这族里族外就不需要你来操持了，好好歇息歇息吧。"

念奴不禁哀叹人心凉薄，大势已去，自己手上却没有一兵一卒，恐怕是心有余而力不足。

大帐外面是漫天的黄沙，念奴着一袭白衣躺在帐内，外面张灯结彩，好不喜庆热闹！

"青儿，青儿，给我倒杯水。"念奴喃喃着，却没有人回应。

念奴从床上滚下来，挣扎着爬上了窗塌，从窗口可以看到西帐内又迎了新人。仆人们满脸喜气洋洋地进进出出。

"对了，你听说了没？新来的龙族公主很会来事儿呢，刚来就叫大王妃公主殿下，把大王妃夸得那叫个心花怒放。"

念奴踉跄地扶着门框，走到了西帐内的窗下，跪了下来。

"请，殿下，念着往日的情分，出兵帮帮我的母族。"念奴尽可能地大声喊道，在新帐外面一遍遍地磕着头。

"请，殿下，出兵帮帮我的母族。"

"请，殿下……"

青儿突然从后面抱住了念奴，哭道："公主，您这是何必呢？"

"最后即使有一丝希望，也是好的。"

念奴疲惫地看着从深空处飘来的雪花，突然间很想回家。雪花附在她的孝衣上，被残余的体温融化成水，许久体温变凉，那雪花便不再融化了，只是一层一层地覆盖在她的身上……

暖红色的春宵帐外面，是一袭清冷洁白的素缟。

几亿年前。

那时候她还很小，人间还没有退出七界之外。当时七界有一个大魔头，从海底的牢狱中逃了出来，父王为了历练她，就让她自己去追踪那个魔头。她跟着那个逃犯跑了好久好久，就在脚几乎要跑断的时候，那个逃犯却转头跑向了人间——那时候神界之中一直都有一条不成文的规定，就是不可以在凡间使用法力，她没有办法，只好光着脚在人间的路面上一条街一条街地去追寻那个逃犯。因正值盛夏，石板路上面的石子被阳光照射得分外滚烫，她没跑多久，脚下就传来了剧烈的痛感。她抬起脚，只见脚底下面长满了大大小小、形状不一的水泡，最后只能捧着脚靠在房屋下面，眼睁睁地看着那个逃犯消失在了路口。

因为害怕回去没有办法交差，也不能使用法术，所以她只能在人间四处游荡，渴望有一天能够意外碰到逃犯，把他抓捕回去，好给父王交差。

为了避免自己的身份暴露，念奴就在小贩那里买了一套男装，将自己的秀发高高地梳起，然后又付给了阿婆一锭金子，将街市后面的一套小院子租了下来。她每日都在附近闲逛，希望能碰见那个逃走的魔头。

人间的生活可真是丰富多彩，从小在星族长大的念奴从来没有想到这里的人虽然没有法术却还那么的逍遥自在。

东街的猪头肉真的是十分好吃，配点儿蘸料，更是可以和神界的那些琼浆玉露相媲美了。

"来啊，来啊，客官里面请。"念奴走在街上，突然间有一个浓妆艳抹的女子兴高采烈地向她走了过来。

念奴被她身上的脂粉味道给呛得不断地打喷嚏，那女子却没有一点眼力见儿，还是一个劲儿地往她身上扑。

念奴就这样被拉着走进了青楼里面，她不由得惊呆了。一个年老的嬷嬷走了上来，毕恭毕敬地行了一个凡间的礼，说道："哟，这位贵公子面孔很生啊，快快里面请。"

念奴尴尬地笑了笑，被一堆浓密的胭脂水粉们簇拥着走进了殿内，只见里面的桌子上摆满了丰盛的食物。念奴本来对这里没有什么感觉，但是看到这些精美的食物，肚子便不由自主地咕噜咕噜地响了起来。

左右的女子见念奴坐了下来，便纷纷在她身边向她敬酒。念奴被呛得直咳嗽，一把推开了她们。那几个女子一见念奴不喜欢自己，便也纷纷知趣儿地离开了。

不知道过了多久，就在念奴快要吃饱的时候突然间有人轻叩房门。

"公子，我可以进来吗？"一阵娇滴滴的声音在外面响起。

"进来吧。"念奴略微有一些不耐烦地说道。

那女子便推门而入，安静地坐在念奴的身边，也不说什么话，只是一味儿地敬酒。那女子见念奴喝得不省人事了，便开始搜身。

可万万没有想到的是，凡间的酒是根本醉不倒念奴的。念奴一把拽住那个女子的手，略微有些调笑地说道："想干什么啊，小娘子？"

那蒙面女子一见念奴醒来，便不由分说地打开房门，打算一跃而出。念奴见状，追了出去，那女子便从二楼直接跳了下去，说时迟那时快，念奴一把抱住了那个女子开始在空中转圈，那女子的面纱被吹开来，露出了喉结。

念奴不由得觉得有些恶心，突然间一松手，那女子就从自己的怀中跌落下去。她这时这才仔细一看，哪有什么女子，分明就是一个抹着烈焰红唇的大老爷们。那人见自己的身份败露，索性也放粗了嗓音说道："逆贼，哪里跑？"

念奴觉得诧异，来不及过多思考，见那么多人围攻自己，却还是不敢使用法力，只能借助轻功从他们的头上跃过逃了出去。

回到房间里，念奴浅浅地睡了一觉，醒来的时候已经是人间的夜晚了，她披了一件衣服便走了出去。庭院里面，花朵的芬芳伴随着夜晚的轻风迎面扑来，念奴抬头看着天上的群星，突然有些想家，正在伤感之时，突然听到府外的街市上传来了阵阵叫卖的声音。

"肉包子，肉包子！刚刚出锅的肉包子！"

念奴突然觉得有些饿了，转身回到屋内，换了一件厚实的衣服便推门而出。

人间的夜市真的是热闹非凡，有猜灯谜的，有卖斗鸡的，还有卖各种女儿香的。念奴看得不亦乐乎，还好来的时候带了些配饰，够她能在人间过上一段悠闲的日子。

"小伙子，快来，快来看看这枚翡翠耳饰。"

念奴想上前看一看，但是又忍住了，说道："你还是卖给姑娘家吧，我原本是不需要的。"

"小伙子可以买给心上人啊。"

那位老人颤颤巍巍地将那对上好的翡翠耳饰递到了念奴面前，念奴接过来，对着夜市的灯光，那翡翠散发出温润的光泽。

"嗯，确实不错，多少钱？卖给我吧。"

这时，老人看清楚了她的面容，突然十分慌乱地说道："不，不，不卖了。"一边说着，一边还收拾起了自己的摊位，打算离开。

念奴不禁觉得十分好奇，但是也没多想便转身离开了。她走到城墙下面，只见一堆人正在对着一张皇榜指指点点。念奴不禁觉得有些好奇，便走上前去，只见那张皇榜上面贴着竟是和自己长得一模一样的男子，她不由得大惊失色。不过幸好当时正值夜晚，周围人并没有注意到她的存在，她便低着头转身离开了，连一开始打算去买的卤猪头肉都没有买。

回到自己的宅子之后，念奴急忙脱下自己身上的男儿装扮，简单地洗漱了下便熄了灯躺下了，突然间又觉得有些不放心，便又点燃灯坐了起来，披了一件外套走到院中，将那几套刚买回的男装给点燃烧毁了。

干完这些之后，她坐在院子里面的回廊上，看着头上发白的月色，长长地出了一口气。

第二日，念奴换上女儿装，打算去对面的茶楼吃点儿东西，却被一顶来势冲冲的轿子给撞倒在了地上。

轿子里面的一个女孩撩起了轿帘，露出一副高高在上的表情说道："你是谁？竟敢冲撞本小姐的轿撵，你是活腻歪了吗？"

念奴可不惯她这坏脾气，上去就是一脚，踹在了她乘坐的轿子，那轿子猛烈地晃动了一下，里面那位娇滴滴的小姐急忙扶住了轿子两边的窗框。

"你，你真的是太猖狂了！"

那小姐气得几乎连话都不会说了。念奴才懒得管她，站起身来，神气地拍了拍身上的土，理也没理，独自走进了对面的小茶馆儿。

那小姐原是从未受过这样的气的，见她不理睬自己，立刻从轿子上面走了下来，跟着念奴也来到了茶馆，还坐在了念奴的座位前面。

然而念奴依旧没有理她，吃完饭后便自顾自地走回了宅子，那个娇气的小姐见她进去的宅子很是气派，想着对方可能是自己惹不起的人家便打道回府了，心下想着准备让自己的哥哥好好地查一下对方的底细再决定。

但之后并没有查到有什么大的官员和商户住在这里，那小姐便又每日蹲在那座宅子门口等念奴出来。而念奴每次出门都像没有看到她一样，照样自己买菜、逛街、吃饭、买衣服。久而久之，那小姐突然觉得念奴的衣服每次搭配得都十分好看，便想让念奴帮自己买一套好看的服饰。念奴笑了笑，想着终究还只是一个小姑娘，而且自己久居在这里也没有什么朋友，所谓不打不相识，便也一笑泯恩仇了，很乐意地帮那姑娘打扮了一下。

这个小姐的五官分开看虽然没有那么精致，但是组合在一起给人的感觉却十分的温婉，奈何她却是个急性子，喜欢浓妆艳抹、花红柳绿，头饰和服饰因过于华丽，抢去了原本清纯的姿色，让人觉得索然无味。

念奴想了想，便帮她将绾起的头发放了下来，简单地在她的头发上别了一朵粉色的珠花，顺便也将华丽的耳饰取了下来。还给她穿上了一件淡粉色的内衬，外面是层层白色的轻纱，使整个人一下子变得温婉细腻起来。结果那小姐回家之后第二天便兴冲冲地来向她报喜。

"太子哥哥今日夸赞我了，还是要谢谢你啊！"

"没什么。"

就这样，念奴和张嫒变成了密不可分的好朋友，念奴也越来越喜欢张嫒了。虽然张嫒的性格急躁了一些，但是念奴发现张嫒的心思原本是极其单纯和善良的。

"这是我的父母。"张嫒将念奴带回家，向她介绍自己的家人。

念奴正准备拜见，一抬头，发现了一副熟悉的面孔，原来对方是那天在青楼想要刺杀自己的"女子"，只不过今日还原成了男人的装扮。

那男子看见念奴，也是一愣，二话不说，拿起墙上的剑便向她刺去。念奴向后躲闪，后面的衣服被割破，露出了红色的肚兜带子。

"哥，你发什么神经啊！"张嫒急切地说道。

张元一见她原本真的是女儿身，便也觉得自己有些失礼，略显窘迫地呆在原地，不知道如何是好。

张媛赶紧吩咐下人拿了一块儿丝巾给念奴披上了。

"我今日真的是唐突了，只是你与我追捕的犯人长得十分相像，所以我一直以为你是男扮女装，如今看来是我冒昧了。"

念奴淡淡地回了一句："不妨事。"

春去秋来，念奴不知不觉在人间已经待了三年之久，但是始终没有找到那个逃犯的下落。后来她听说那逃犯已经被天族的太子抓到了，想着自己回去恐怕免不了父王的一顿臭骂了。

念奴回到星族后，每日和张元来往书信，后来听说张媛没有嫁给自己青梅竹马的太子殿下，而是顶着公主的名号去和亲了。不过幸运的是，张媛性格外向，很快便适应了边塞的生活，驯服了马匹的同时也得到了可汗的心，夫妻二人相敬如宾，羡煞旁人。

念奴有时候会在星宫里面，躲在云被里看着那些清秀的字体偷偷地笑。张元在信中说他要远征了，如果回来就来星族找她，哪怕凡人只有短短的数十年，即使星族有几百亿年的寿命，他们也要在一起，在一起一天就爱彼此一天。

但是好景不长，星王还是发现了念奴和张元来往的书信，念奴本以为父王会同意她和张元的事，但是当父王在大殿之下将书信怒不可遏地摔在自己的脸上时，她就已经知道自己终究是白日做梦了：身为星族的公主，怎么可能嫁给凡间一个大臣的孩子？她心里清楚一切都不可能挽回，所以一滴眼泪也没有流，只是默默地捡起地上的信，问道："父王，那这些信我还能留着吗？"

星王没有说话，等念奴的身影消失在大殿之上好久之后才长长地叹了一口气。女儿的幸福在他心里固然重要，但是星族还有这么多百姓，受人膜拜的那一天也注定她们要牺牲很多。

容族和龙族抢夺神界之战后，星王去世，念奴最终还是遵守了星王在世前和邱族的婚约，嫁给了邱族的太子。她原本是极其不喜欢他的，无才无貌，还什么事情都只听他母后的，但是好在凭借着自己母家的势力和自己的治理能力受到了邱族上下的尊重。这让她觉得略微有一丝宽慰，尤其是在人间退出七界十族之后，她更是断了对张元的念想。

　　可是念奴不仅低估了自己，也低估了张元。在人间退出七界十族之时，张元一直都没有收到念奴的来信，他感觉到事情有些不妙，便不顾众人的劝解，毅然决然地要去神界找她。然而在凡间退出七界之后，没有其他九族的血统是很难在七界生活的，结果张元在结界即将关闭之时选择留在了七界，且因为没有九族血统，凡人之躯瞬间变成了一座石雕，默默地站立在去往神界的路上。

　　此后，凡间再无任何关于七界十族的记载，只剩下朝代更迭。

　　念奴原本是个极其现实的女子，那些虚晃的情爱在她看来不过是一场黄粱美梦罢了，最终都逃不出渐行渐远、渐无书信的结局。

　　却不想，

　　她活成了黄粱，

　　他活成了梦，

　　黄粱遇到梦就不该醒来。

第十五章　星族被灭

龙族内，星女不知过了多久才从床上醒来，阳光透过窗户照射在她的脸上，她试着动了动身体，却发现自己根本动弹不得。

她一边猜测着这是什么妖门邪道，一边突然间灵机一动，召来了自己的坐骑安得。

那神兽与主人心意相通，只被轻轻地碰了下额头便读懂了主人的心思。

安得转而飞向九重天上，向法卷老师求助，师父得知自己的徒儿有难，却苦于七界神校立下的不能插手七界事务的规矩。

"你告诉星女，让她好好复习一下法卷第三卷的第十二条。我早就说过，即使后来学得再好，不掌握基础理论还是不行的。你看，书到用时方恨少了吧？"

趁法卷老师还在絮叨，安得的两只大耳朵却突然闭了起来，不耐烦地甩了甩尾巴，一扭身离开了。

偷偷地用了隐身术才从后门离开，一离开龙族的领地，星女一下子跨在了安得身上。

"我们去天族找神王,现在只有他能帮我们了。"

到了天族,门口的侍卫虽然辨出了星女的身份,却还是犹豫了一下让她进去了。星女预感事情不妙,急忙和安得向大殿走去。

进了正殿,好久才等到神王出来,只见他懒懒散散的,像刚睡醒一般,见星女来了,揉了揉眼睛示意她随便坐。

"姐夫,长姐死了。"星女一脸苍白地对神王说道。

"啊?那怎么办?"

"现在我们只有天族还仅存兵马,我们要给长姐报仇。"

神王双手握在腹前,两个大拇指来回地画圈打转。

"你还犹豫什么?再不下手,我们就没有机会出这里了,他们会杀了我们的!"

天族的神王坐在椅子上面,低着头,过了很久才小声地说道:"他们不会动我的。"

星女突然间明白了神王的意思,但还是不死心地问了一句:"你什么意思?"

"星儿,他们说只要你投降,交出星灵,是可以逃过一死的。"

眼泪突然间涌了出来,星女转过身,看着屋外飘来的云彩,呆呆地问道:"你呢,保全你自己的筹码是什么?"

"交出天族的兵权。"

神王低下头,看着自己的脚尖,那鞋面上漂亮的金丝花纹顺延着锦布转而不见。

"那我就不拖累神王殿下了。"

星女简单地作了一个揖,连看都没看神王,走出了神殿。

神王看着星女远去的背影，长长地叹了一口气。

星女骑上安得，一边在云端飞驰，一边想自己究竟应该去往何处。她想，七界怕是没有自己的容身之所了，唯一可以逃往的就是人间。可是她却不知道七界人口中的那个叫人间的地方在哪里，法卷上没有记载，神史上也没有记录。

星女长长地叹了一口气，她知道两个姐姐为了保护星族已经香消玉殒了，她没办法和他们死扛，否则她只会输得很更惨。

眼泪吧嗒吧嗒地掉落在安得的背上。

她没有亲人了，也没有朋友了，神王投降了，书瑶现在连自己都保不住了——她没有什么退路了。

远处，可以看到有士兵正在通往七界的天宫口仔细地排查过往的人群。

星女拍了拍安得的背，那灵兽心领神会，刚准备转身向星宫飞去，却被天兵叫住了。

星女长叹了一口气，说道："安得，我们没有退路了。"

远远的云墙下面是数以万计的天兵天将，他们身披银色的盔甲，仔细核对着每一个来往的仙民。星女躲在一身浅色的素衣之下瑟瑟发抖。

轮到他们了，星女握紧了手，径直走上前去。

天兵看了她一眼，一挥手，画像便覆盖在了星女的脸上，易容后的面孔显然不符合天榜上罪犯的脸廓。

星女在内心里长吁了一口气。

突然，一个巨大的阴影扑面而来，星女抬头一看，竟然是大公主青梦的天马，它一弯头，他们便骑在了它的身上。守界的将领一看大事不好，便纷纷腾空而起射箭拦截。天马瞬间展开双翅，形成了一座拱形的保护伞。

箭雨铺天盖地而来，天马白色的羽毛变成了血色，终于坚持不住，从厚厚的云端下跌落，天空瞬间如同火烈晚霞，仙民们都呆在原地。

"我是神，是星族第二十八代牧星女，我看谁胆敢动神一根汗毛，你们就不怕受咒吗？"

远远地，星女叉着腰，怒目圆睁地冲着带头的天将喊道，大概只有她不知道，自己的声音早就已经发抖了。

见他们没有任何反应，她又弱弱地补充了一句："我是神……"

"哈哈哈，我们新王从来不信因果轮回，天道有偿，来人，给我活捉了她！"

正在星女绝望的时候，卫白突然冲了出来，不由分说地闭着眼睛朝那个为首的将领的头颅砍去，士兵们纷纷射箭，星女摔倒在地，卫白被射倒在地，却又挣扎着起来跪在星女的面前，张开手臂替她挡着后面射来的那些箭，最后终于没有了力气，吐血昏倒在地。

"卫白，卫白！"星女抱着卫白喊道，伤口处不断地涌出鲜血，她无论怎么用手捂，都挡不住血液的涌出。烈日之下，众人之中，星女的身体已经抖成了簸糠，不知道如何挽留这个根本留不住的人。

"书瑶、书瑶死了……"卫白的眼泪从眼角流出，顺着脸上的血水滴落在云上，瞬间消失不见了。

星女怔怔地看着卫白，抱着他直发抖，一时间不知道该怎么办才好。

"你听我说，"卫白用沾满血的手捧起她的脸，"即使、即使我们以后不能陪在你身边了，你也要、也要坚强地活下去，活下去就是最大的希望。"

星女的眼泪溢满了双眼，卫白轻轻地为她拭去。

"我本就是个被灭族的人，大家都不愿意和我玩，只有你和书瑶从来不嫌弃我。"

周围嘈杂的声音就这样随着卫白的体温一点点地淡去。星女突然想起在她三千岁的时候，星仆把卫白领来，那时候他只有两千岁吧，一开始很胆小，但和她混熟之后便在她的房间里面跑来跑去的，又是戴她的头饰，又是抹她的胭脂的。

夕阳照在卫白冰冷的尸体上，云峥站在她的身边。星女的脸上没有一丝血色，只是紧紧地抱着卫白，像丢掉了魂魄。

云峥走上前去，一把拉起了她，拽着她打算离开人群。

星女被拉起来跟跄地走了几步，一把挣脱开云峥，伸出手，身边的水珠瞬时集聚，在她手上变成了一把锋利的水剑，直刺云峥的喉管。

水琼功是星女最擅长的，无疑，她想让云峥一剑毙命。

云峥见状，放开星女，向后退了一步，手腕快速旋转，整个人腾空而起。星女见状，也脚踏水剑向上借力而追，云峥不断挥袖，风从她的耳边快速穿过，她左右躲避，却还是没有躲避掉，头上的银簪被打掉，长发散落在空中，她便疯了一般向云峥冲来，水剑被打落，她又施法出了水袖，一把套住了云峥的脖颈，把他从云端扯了下来。

众兵一见，纷纷慌了神，不断地向星女放箭。星女的右臂被刺中，连同云峥一起从云端跌落下来。众兵一看，纷纷走上前去，星女急忙召唤水剑，一把将云峥拽到自己的怀里，用剑指着他。

"你们若是不想让你们的主子死，就给我滚！"星女对他们说道。

众人纷纷让开了一条路。星女拽着云峥向星宫走去，却被后面的人突然冲上来打到了后脑勺，星女一下子昏了过去。

当耳边嘈杂的声音逐渐淡去时，星女终于清醒了过来，她睁开眼，四周破败的景象连同战火刺鼻的硝烟味道，一同向她的五官涌来。

"你醒了？"

他的声音一如既往的干净而清透，飘荡在亿年封存的夜空之中。

"星灵在哪里？"

"我不知道。"星女躺着，四周是忽明忽灭的陨落的群星。

"你若告知星灵的下落，我便念我们曾同窗万年的情谊。"说着，他便站起来，转过身去长叹了一口气。

星女知道自己逃不过了，便趁云峥不注意，一溜烟飞到了结界边缘。她抱着结界边的云柱子，双腿不由得微微颤抖，厚厚的云端之外是滚滚万丈的深渊，那里是通往七界之外，无神探寻过的地方，是生之所生，死之所死之处。那里没有轮回，未设因果，纵有万千神术也永远无法超越。

"我不是不念旧情之人，你若……"

"星灵不过是一个传说而已，那些法卷上的也未必全是实录。"星女低声说道，"最起码，我未曾见过。"

说罢，转身跳下云端，却突然被云峥抓住了右手。他默默地看着星女，想到她恐怕说得也是对的，法卷上的未必全是实录，又想到若是留她日后来寻自己报仇恐怕后患无穷，而且依她的性子，即使真有星灵，她也不会完好地给自己，不如让她死掉，自己才能永保神界的位置。

云峥看着她漂亮而绝望的眼睛，脑海中突然间浮现出他们之间五万年的情谊。

像是念旧，像是忏悔，像是为大道背负了许多的不得已。

戏唱完了，配角要下场了，他又恢复了平静的面容，谦谦有礼地松开了手。

他的背后是她曾经守护亿万年的、繁星璀璨的夜空。

那一刻，星灵降落，众星陨落，在孤寂的夜色中自我毁灭成一朵朵炫丽的烟花。

而他全然不知，平静地望着同样陨落的她。

许久，他才喃喃地说了一句："你知不知道，我最讨厌别人说我身上的桃花味道，好像永远都在提醒我，我的母妃只是一个卖桃花酒的凡人女子。"

天将走上前来，轻轻地拍了拍他的肩膀，自家的公子他很清楚，三千岁熟用法卷，五千岁倒背药理，八千岁便将七界所长集于一身，只可惜唯有一点，就是善心滥用，这可能也是他一直未能在龙王面前像其他哥哥一般得势的缘故吧。

云峥站在星界边缘伤心了许久才缓缓地站了起来，平静的面容似乎无法掩盖入骨的悲伤，一袭如雪的白衣后面是嘶吼的雷声、翻滚的无垠之地。他站在那里，像一块无瑕的美玉，高贵而又清华。

云峥起身，望了望四周，"在这儿种满桃花吧。"他说道。

第十六章　重生入岐族

三百亿年后。

"叽，叽叽，叽，叽。"

幽静的山洞中突然出现了一阵清脆的鸟叫声，雨水透过山岩上弯弯曲曲的小缝隙，在洞壁上画出了一个随意的轮廓，阳光洒在上面，依稀可以辨得那是一个十五六岁少女的模样。那少女先是双目紧闭，被鸟叫声吵醒后，开始眨了眨眼睛，又活动了一下四肢，便从岩壁上优哉游哉地走了下来。

她一边抚摸着自己的头发，一边环视着周围的环境，一副满是好奇的样子。

突然间，她停住了脚步，像是被什么东西卡住了一般，她眉头轻蹙，转身，一把将镶在墙上的衣角拽了下来。一只脚刚踏出洞口，便像触电一般收了回来。

她那双眼睛如同小鹿一般好奇地张望着洞外的世界，不知过了多久，她又小心翼翼地把脚探了出去。阳光温暖地洒在她白皙的脚尖上，一股暖流从身上转瞬即逝，她打了个暖噤，然后慢慢地走进了阳光里。

空气中溢满了植物的芳香，她从花丛中缓缓经过，双脚踏进铺满鹅卵石的小溪中，薄纱的素衣漂浮在水面上。她俯下身子，掬一捧清澈的溪水，清洗了一下手臂和脸颊，坐在了石头上。阳光烘烤着她飘柔的秀发，吸引来一大群蝴蝶，那些蝴蝶在她身边翩翩起舞，没过多久就替她编好了漂亮的发髻。她看看溪水中自己的倒影，扬起脸笑着向那些蝴蝶道谢。

这里的一切对于她来说都显得那么的新奇。她躺在鲜花里，老虎依偎在她的身旁；她坐在树枝上，花蛇在她身边替她放哨；她采摘鲜花，给梅花鹿戴在它们的鹿角上。她开心时阳光明媚，不开心时大雨倾盆；渴了就喝山泉，饿了就采食野果，偌大的深林中，她过得好不快活！

就这样不知道走了多久，她只想着要去人间，但是周围的动物都不知道人间在哪里。路上的一只小百灵飞过来告诉她要一直向东走，才能找到人间，她便一直向东行走，走了好几年才看到前面有一行人和自己的样貌有些相似，她跟在那些人的身后，一打听才知道，原来前面就是岐族的地界，而这些人原是去岐族贩卖各界特色玩意的小商贩。星女索性也跟在了他们的身后。

岐族内。

"岐族最近通过变革，实力着实提高了不少，以前不过是一个无人理睬的小国罢了。"周元若有所思地说道。

岐族原本就只有一个独子，自岐王和岐后死去，他便理所应当地继承了王位。新王上位，岐族上下一片欢腾，认为他的到来可以为自己的族人带来一些新的气象。谁知这新任岐王更是昏庸无能，上位的第一天就废除了岐族历来的传统，由之前的一日一朝变成了一月一朝，还下令族内每家进贡一位厨技精湛的人，然后将这些人关在岐族皇宫内几十年，命其研究上好的菜品，只为了最后给他烹制一道菜品。不仅如此，他还下令让这些人给他们做的每一道菜都取一个好听的名字，然后在特定的时间、特定的地点，待自己换上精致的新装，欣赏完舞曲之后，再去享用这些饭菜。

　　岐族人的饭菜向来都是很考究的，这些星女也都是知道的。她曾经在神校的时候就听讲神史的老师说过自己有一次去岐族游历时有幸被皇族的人招待的经历。当时虽没有到饭点，却还是因为陪着皇后聊天而被赏赐了一些糕点。那些糕点的摆放十分考究，虽然不多，但是样子十分好看，紫色的点心被放在浅灰色的盘子上面，浅粉色的樱花酒被盛在透明的飞鸟式器皿中。岐仆走上前来，将酒倒入她们面前的小樽里，那浅粉色的美酒瞬间变成了白色，只留下一朵朵樱花飘在上边。神史长害怕露怯，便拿了白色盘子中最不起眼的一颗梨咬了下去，可口感与普通梨子却大不相同，走之前问送她的仆人那究竟是什么。那仆人拂面笑道，原是岐后喜食梨子，但玄族地界总是阴雨绵绵，虽然植物颇多，却大多缺乏甜度，岐后为了吃上适口的梨子，便把梨树种在盆中，待阴雨天时就拿到室内的火盆旁边，等天气晴了再拿出室外，这样一来，梨子昼夜温差变大，甜度自然上去了。后来岐后又觉得梨子水多，吃起来不便，便把它们晒干，揉碎成粉末，然后与糯米一起搅拌，加入自己喜食的佐料和牛乳，再做成梨子的形状，外面包上新鲜的梨皮以保持爽脆的口感，最后再在外面浇上一层糖浆，远看，和树上的梨子是没有半分差别的。

一个小小的甜品都做得如此精细，真是无法想象这新上任的岐王究竟过分到哪种地步才让本就十分注重吃食的族人还如此抱怨，可见这岐王的志向原是一个厨子罢了。

大臣们一看新王如此放纵自己，不由得纷纷上前劝说，但最后的结果无非就是贬职和罢官，久而久之便无人再敢去劝谏了。岐王见没有劝谏者，更加肆无忌惮起来，每天躲在厨房里面蓬头垢面地琢磨吃食，最后甚至连岐仆都懒得去打扫朝座上面的灰尘了。

岐族百姓们的生活一日不如一日，鸡鸣狗盗之事更是如同家常便饭一般，一个名为岐山的臣子见这样不行，于是想到一个法子。他命家中的奴仆此后只能给他油腻之食，自己则躺在床上，每日都是仆人给他梳洗，吃饱了就睡，睡醒了就吃，因此之前那略微消瘦的体格很快便像被吹起来一般，无论是远观还是近看，整个人都显得异常肥腻。

"殿下，殿下。"岐山凑到岐王的耳边小声地叫道。

那岐王正在研究如何配置佐料，突然听到有人在叫他，转过身来一看，发现自己的大臣几日不见变成了如此这般模样，不由得捧腹大笑。

"哈哈哈哈，岐山是如何变成这般样子的？"

"臣，实在是惭愧啊。"岐山毕恭毕敬地行礼后，一脸羞愧地立在旁边。

岐王眯着眼睛看了他一会儿，淡淡地说道："你一向瘦弱，如今这样肥胖，定是最近得到了什么美食配方吧？快快细细说来。"

"臣，的确是有一个配方。臣最近喜欢上了吃秘制的烤猪肉，不过这猪最好要从小养大才行，然后一直圈养在狭小的空间之中，最好是那种不能让它有转身余地的空间。这幼猪一旦养成了吃饱就睡、睡醒就吃的习惯后便积恶难改了。等它长大后，臣会在这时候杀掉它，这时的肉质异常肥美，即便在火上烘烤多时也不会发干、发柴……"

岐王表情复杂地看着岐山。岐山说完这话便跪在地上，久久不敢抬头。

"你好大的胆子啊！"岐王笑着说道。

"臣只是教殿下如何烹饪美食而已，不知何错之有？"

岐王知道岐山真正的寓意是自己不应该每日只研究吃食，但刚想说什么，话到嘴边还是咽了下去。

"你错在，肥猪的肉其实并不美味。"岐王站起身来，走到岐山身边，站立良久，说道，"我记得你只是个记载岐史的史官吧，此后便升为丞相辅佐我吧。"

岐王拍了拍岐山的肩膀，离开了。

这天下有时候就如同烹饪一道菜品一般，民众如同食材，大臣如同佐料，统治者如同厨师，他得学着如何运用这些佐料，搭配原有的食材去制造出不但口感好而且有益健康的美味佳肴。统治者只有学会更换自己理想的佐料，才能将锅内的食材煲出属于自己的味道，而岐山，就是他这汤里面最画龙点睛的一剂佐料。

岐族地处崇山峻岭之中，因为地势偏僻，所以与七界中其他族的来往并不密切，几亿年来外界的纷纷扰扰也一直没有打破族内的安详平和的日子，一些守旧的族人对一些新的政策也并不乐于接受，导致许多老旧的大臣纷纷将矛头指向了岐山。

"臣以为殿下没有必要开通去往山下的路，不开通的话，那山下的人是根本就不会上来的。"

"将军此言差矣，纵观现在的七界八族，玄族的实力无疑是最差的，如果我们一味地封闭自己，不懂得学习，只会越来越落后于他人。"

"落后又如何？他们是根本上不来的。"

"你以为他们真的只是因为岐族地理位置偏僻上不来，所以不攻打我们吗？"

"不然呢？我们可是躲过了一场场重大的战乱。"

"将军你错了，你以为岐族的祖先当初可以来到这地势险峻的岐山，其他人就上不来吗？他们只不过是摸透了你们这些人的脾气秉性，知道你们只不过依靠着地势险峻而苟且在此，不愿意整兵改革，也不愿意与其他各族联盟以免惹祸上身；他们知道玄族实力差，对他们没有威胁，所以在完成他们的雄心壮志之前，只是不愿意在我们身上消耗精力罢了。但照这样的情形下去，我们迟早都是他们的盘中之物。"

"丞相，你就敢说你改革没有一点儿私心吗？你靠着你父亲的出身也不过是一个小小的史官而已，你改了这么多，无非就是想让更多的贱民取代纯正的血统，可是贱民永远都是贱民，这点是改不了的。"

"那将军就没有私心吗？为了让自己和后代可以更加安稳地坐在将军的位置上面，所以就弃更好的政策于不顾。将军也曾是神校出来的人物，这么浅显的利弊恐怕你早就看得出吧？可是你只贪图自己的利益，全然不顾全族的死活。覆巢之下安有完卵？你想要你的子孙过太平的日子，在场的哪一个人又何尝不是？"

岐将拂袖而去，全然不顾坐在王座上面的岐王。

众臣愣在原地，一时间不知道该随岐将而去，还是应该原地等候岐王的差遣。

岐王按了按额头，挥了挥手示意他们退下。

岐王见众人退下，又召回了岐山。

"原是臣太过于心急了。"

"迟早有这么一天的，我之前罢免的不过是一些皮毛小官罢了，这些老臣才是最令我头疼的事情。"

"现如今血缘之事早就已经植根在人们心中，不仅仅是大臣，还有平民。开通道路，与其他族相互联系是我们改革的第一步。只有开通了路，民众才能知道原来世上竟然有这一回事，久而久之也就慢慢地接受了。"

岐王点了点头。

虽然将军明白不仅仅是想开通一条路那么简单，但是很多大臣都觉得新王无非是由于刚上任，所以对万事都持着新鲜的态度罢了，没准等两天新鲜劲儿一过便又想着做厨子了，便都安慰将军放宽心。最后双方达成一致——每隔一天开一次上岐山的路。

山下的路通了，越来越多的人开始进入岐族。岐族位置偏僻，水草丰盛，有许多奇花异果，许多人看见后深感好奇，纷纷拿出钱财购到自己的族内去售卖，然后再用获得的钱财来换取当地的一些新奇玩意儿，玄族的水母灯、贝壳裙子、海藻饼，邱族的风干兔肉、沙棘耳串儿，还有当地妇女用骆驼睫毛制作的假睫毛，因为可以为她们阻挡当地的风沙而深受欢迎——当地的很多妇女为了好看，还纷纷用墨鱼汁、粉芍药将它染成自己喜欢的颜色戴在眼睛上面。岐族也渐渐地由一开始族内只是一家一处的居住模式转变成一簇簇的群居，尤其是上山的路上，更是出现了很多用芭蕉叶编织的房子，供那些来来往往的人歇脚和享受。

岐族本就是一个喜食的群体，自与外界的来往密集之后，饭桌上的佳肴也变得越来越丰富多样，上山的路也越来越受百姓欢迎，最后人们索性就把这条路叫作丞相路。

岐山的地位在百姓心中变得越来越高，他受岐王的嘱托，私下里偷偷地招兵募马，本想着等待时机一举拿下以将军为首的旧臣。谁知赤族突然偷偷来犯，岐将在前面防御赤族的进攻，不成想后面又遭到了自己族人的袭击。岐山率领着自己训练有素的新兵，打着援助的旗号一起击退了赤族，同时在返回的路上也偷偷击败了老将的兵马。岐山击退赤族，一瞬间功高盖主，岐王好不得意，因此众望所归地授予了他将军的头衔。

岐山虽然没有上过一日神校，学识却十分渊博，膝下无儿无女，只有一个从小到大门当户对的妻子，叫岐红。岐红容貌美丽，与丑陋矮小的岐山十分不配，但是奈何此女有一个癖好，就是十分爱听故事。岐山因为家族都是世代给岐王记录历史的人，所以族内外的一些闲闻趣事也听得多一些。当时岐族内有很多名门望族的子孙纷纷对她示好，都被她拒绝了，她选夫婿的条件十分怪异，自己躲在芭蕉扇后面，要求提亲的人讲三个故事，如果其中之一她未曾听过且不是编造，她便同意亲事。王孙贵胄们听说之后纷纷上门提亲，但是除了岐山，无一人符合她的心意。父亲和兄长见岐山出身寒微且外貌丑陋，坚决不同意，甚至威胁她如果执意嫁给这个人，他们便不再认她。然而她最后不顾众人反对执意嫁给了岐山。没有嫁衣，她便自己拿山桃花一片片缝制起来，做成精美的嫁衣。因为生得娇美，出嫁那日，岐民们纷纷相互告知，不远万里地趴在树上观望。她向周围人投去明媚的笑容，向树枝上的鸟儿唱歌，一瞬间鸟惊花落。

所以即使生活在这个十分重视血缘的种族之中，即使他们婚后久久没有子嗣，即使岐山当了将军后好多人为他送来了漂亮的女子，岐山对岐红也一直是百依百顺。他们之间的伉俪情深一时之间被传为佳话，男子们开始效仿岐山的行为举止，女子们则纷纷模仿岐红的打扮与妆容。

星女躲在人群之中听着大家对岐族议论纷纷，这时岐族的大门打开，商人们一拥而入。星女将自己篮子中的白色头巾拿出来披在了自己的头上，随着人流混了进去，大致逛了一会儿后，星女便找了一个没有人的地方将自己篮子中的布子铺在地上，装模作样地哼起了小曲儿："曾经年少家境好，父亲任太子的伴书郎，奈何家境忽败落，继父卖给贩鱼商。鱼商酒醉晚归来，不知缘由发牢骚，一双美目被戳瞎，从此乞讨在天涯。弱女娇娇无依靠，只能依仗双耳听，本以无眼看世界，却是更加留意这世间。走过路过别错过，请听小女道几句，一来开拓您眼界，二来求赏活命钱……"

星女一脸无辜地站在树荫下面，一袭素衣，惹人怜爱。

周围人听到她哼唱的内容，不免好奇，纷纷停下了脚步，更有几个胆大的人走上前去。星女见自己周围有了一些人，索性原地坐了下来，开始给大家讲述之前在星宫的时候卫白曾经给她讲的故事。

"因为双目失明，我只得在七界四处乞讨，但是也不知道自己究竟想要去什么地方，除了平时能救命的隐身术，我更是什么法力都不会。想着自己要吃饱肚子，便一路向东走，因为听说一路向东便是人间，而人间那里的人是不学法术的，且命数很短，只有须臾几十年。我想着也许自己到那里会过得不错，然而在途中，突然感觉周围的环境慢慢地变暗了，天气也变冷了，我从篮子里拿出毯子披在了身上。这时突然间不知道什么东西碰了我一下，我便伸手去摸，一开始感觉像是树杈一样的东西，后来再往下摸，竟然摸到类似于皮毛一样的东西，还暖烘烘的，似乎是体温。后来我才搞清楚原来自己碰到的是一只漂亮的梅花鹿。那梅花鹿用嘴拽着我的衣角把我引到了一座房子面前，那房子的门是十分低矮的，我试着往里走了好几次都碰着了我的头，我便俯身下去……"

"别进去呀，会有危险啊！"人群之中突然冒出了这样一句话。

星女听到后，淡淡地笑了笑。

"我也知道最好别进去，如果有什么危险怎么办，但是我当时处在一种十分饥饿的状态下，即使知道危险也是想上前赌一把的。于是，我便推开门走了进去，那只梅花鹿也进去了。这让我感到有一丝开心，因为在我看来这只鹿是没有什么恶意的。我当时并不知道屋子里面的陈设是什么样子的，但是我知道在我的旁边有一张矮矮的桌子和一把椅子，我便坐了上去。"

星女的声音很大，周围的人这时都慢慢地靠了过来，想继续听她讲后来的故事，连旁边卖阳光香水的小贩也停下了和岐族妇女讨价还价的行为，竖起耳朵，聚精会神地旁听起来。

星女看看周围人的反应，认为效果不错，继续讲了起来。

"可是那副桌椅比我想象中的实在是小得太多，我一个没注意便摔在了地上，刚想挣扎着站起来，从耳畔突然传来一个十分动听的声音。我便扶着那女子的手坐了起来，虽然我看不清她的样貌，但是能明显地感觉到她应该长着一副绝世容颜，因为我实在无法想象要怎样的样貌才可以配得起她那甜美的嗓音。"

"我扶着她走过铺着木板的房间后，又随她去了一条长长的隧道。隧道里面没有什么东西，因为我们的脚步声一直在回荡，我明显感觉到有些不对劲，想往回走，但自己是一个瞎子，根本看不到路。想着如果她真的要对我怎么样我也是没有办法的，自己只好硬着头皮走了进去。然而令人惊奇的是，越在黑暗的地方，我的眼睛竟然越能看得到一些东西，虽然还十分清楚，但是依稀能看得出那女子的容颜。"

"很美吗？有多美？"

"对啊，有我们的将军夫人美吗？她可是我们岐族人公认的天下第一美女子呢。"

"怎么说呢，我虽然从未见过你们说的将军夫人的面貌，但是我敢肯定的一点是，她是与你们夫人截然不同的类型。岐族物产丰富，百姓热情豪迈，所谓一方水土养一方人，你们的将军夫人一定如同正午的太阳一般耀眼美丽，但是这个女子却是十分温婉娴静，如同皎月一般。"

岐族的百姓虽然因为刚刚开通的下山路径而增长了许多见识，但他们还是不愿意承认会有其他外族的女子比得过将军夫人，尽管嘴上都不承认这一点，不过一个个内心都希望星女能把故事讲完。

夕阳的余晖洒在每一个人的脸上，星女讲了整整一整天，不免有些口干舌燥，眼睛不断地瞄着路对面那棵长满红彤彤果子的樱桃树。但是奈何自己扮演着盲人的角色，不能爬到树上去大快朵颐，心里不免感到有些遗憾，随后性子显得有些毛躁起来。

"阳光没有那么炽热了，想必已经到了傍晚时分，我也该回家了。"

星女站起来，摸摸索索地将铺在地上的毯子塞进竹篮里面，不顾周围人的劝说，走进了旁边的一家小客栈里。

星女一夜都没有休息好。她知道将军夫人是一位十分善妒的女子，如果让她得知她在这里大放厥词，一定会找人过来收拾她的。

　　但是，不知道是不是自己讲的故事不够深入人心，这一夜她并没有受到任何干扰。

　　星女就这样胡编乱造地继续讲了好几天——其实卫白一开始给她讲的故事不是这样的，那个小屋中遇到的原型应该是一个青面獠牙、只懂得吃小孩的老巫婆。卫白原本是拿来吓唬她的，只不过她将那个女子改成了一位美人的形象而已，因为她知道将军夫人除了爱听故事、爱记录摘抄这些故事，还是个善妒的女子，听到有人貌如皎月，她怎会按捺住心情？

　　果然，不出星女所料，人群之中出现了将军夫人的身影。她虽然全身上下捂得严严实实的，但是星女仍旧可以透过黄色的纱料辨别出她立体的五官和姣好的身材。

　　星女抑制住兴奋的心情继续讲，没有故事了，便添油加醋地按照她之前在星宫拾到的那页宣纸上的文字开始瞎编。

　　"……原来竟是一片绝美的桃花仙境，我想那便是人间了。我问人们现在是什么朝代，没有人知道。很多茅草小屋坐落在花树之中，那里的人十分热情好客，见我来了便纷纷杀鸡宰羊的，我饿得十分厉害，狼吞虎咽地吃完之后一头倒在了他们的床榻之上睡了过去。"

　　星女讲到这儿，突然间站起来，不愿多说下去，周围一脸好奇的人们纷纷表示不满，想要听星女讲完，但是星女仍旧懒懒散散地把那块毯子收起来，转身回到了客栈。

　　晚饭时分，只听小二轻叩门扉，说道："雪儿姑娘，有人找。"

　　星女摸摸索索地找到靠墙立着的那根木枝，走上前去给小二开了门，一楼饭菜的香气也顿时飘了进来。

"什么人？"

"一个穿着黄衣的女子，很漂亮，我问她的身份，她不告诉我。"

"我不认识这个人，不见。"

"姑娘，我有些话想当面说才行。"

星女正打算关门，那个黄衣女子一把拦了下来，星女一脸不情愿地让她进了房间。

"姑娘，你是有什么事情吗？没有事情的话，我要休息了。"

"我今日听了你的故事，你去过人间？"

星女不禁笑了起来，露出一脸不屑的表情。

"怎么，你以为我说的故事都是假话吗？"

"人间几千亿年之前就已经退出了七界的纷争，世人都想去寻找，却没有一人找到，你又有什么办法？"

"夫人既然不信我，又为何来寻我？"

"你怎么知道我是将军夫人？"

"因为夫人身上有一股独特的暖香味道，我知道一般人可是用不起的，而且素闻夫人喜欢奇闻趣事，而且又是这个时间过来，小二都拦不住，想想也只有您了。"

说完，星女往后退了一步，向将军夫人行了一个岐族的传统礼仪。

将军夫人一看这丫头虽然眼盲，但是内心却十分机敏，而且行的还是传统的礼节，便料想她的脑子里确实装着真才实学了，随即摘下了头上鹅黄色的面纱，笑着说道："我这个人啊，平时没什么爱好，就喜欢写写画画的。七界之中，我唯独对人间的古往今来不熟悉，因而听你讲到人间感到甚是稀奇，便想让你去我宫中伴我左右如何？"

星女没有表现出十分开心的样子，只是摸着前面的桌子，坐了下来。

"你原本也是居无定所的，去我府上的话我定然是亏待不了你的。"

星女按捺住心中的狂喜，站起身来又行了一个礼说道："虽然一开始流浪是为了谋生，但是久而久之也爱上了这样的日子，请容我些时日考虑。"

将军夫人见她左右推脱，不由得皱了皱眉头，却还是耐下性子说道："好，那我给你三日的时间来考虑，三日之后我再来见你。"

将军夫人走出了门，却暗地里使眼色给岐侍们，心里暗暗想着如果星女不同意便把她硬押回府。她可是岐族第一写手，她的故事定期都会写在府衙门前那棵最大的芭蕉叶上面，岐族没有人不喜欢她的故事，她可是岐族最有才华和最貌美的女子，她不允许任何人抢夺她的这个位置。

她喜欢听各种不同的故事，也喜欢创作不同的故事，她享受着可以操控别人情感的能力，她最开心的事情莫过于坐在府里，躺在高高的树府上面看那些民众看她写得开心的地方笑，看她写得难过的地方哭。风吹过树府前面高大的芭蕉树，她闻着风中的清香，吃着岐侍送来的瓜果梨桃，任阳光忽明忽暗地照在她的脸上，她就这样偶尔困得打个盹，然后让侍女送来烟斗，她吧嗒吧嗒地抽几口，惬意极了。

就这样，星女一时间成了将军夫人身边最炙手可热的人。因为眼盲，索性将军夫人最后她什么事都不用亲力亲为了，甚至还派了身边最贴心的侍女去照顾她的起居。

　　周围的人渐渐地开始不满将军夫人对星女的态度，他们开始孤立她。岐族的路与其他种族不太相同，因为地处水草丰茂之地，这里的树挺拔硕大，无比茂盛，甚至是独木成林，所以岐族很多有权势的人家都把自己的房屋建造在粗大的枝干之中，将巨大的叶子捆绑在一起形成七通八达的道路，但是对星女来说，通过这些空中的树叶路穿梭于各殿之间，无疑是困难的，因为眼睛看不见，一脚踩空就会跌入万丈深渊。正是由于她所有事情都没能亲力亲为，在一些年长的奴仆的眼中，星女被冠上了恃宠而骄的字眼。渐渐地，关于星女的故事便在岐族传开了，甚至连岐王都听说了。岐王对此感到十分好奇，于是命令下人去将军的树府上把星女接过来。

　　星女就这样稀里糊涂地见了岐王。岐族的宫殿和岐族的官宦之家略有不同，这里坐落在开阔的高原之上，四周没有什么植被，岐殿的旁边是深不见底的悬崖——不过星女是看不见底的。悬崖下面是一片茂密浓郁的林海，那里应该住着岐族的臣民。听引领自己的仆人说，这里原来有很多树，但是为了岐族皇室的安全，都被砍倒了，这样一来，如果有人想要谋害皇族，方圆几里之内就都可以瞭望得到。

　　星女随着岐仆从悬崖一侧的一条小路爬上去，几只苍鹰从她的头顶不断地飞过，发出示威般的叫声。

　　星女虽然假装看不见，但是听到叫声，还是被吓了一跳。

　　"它们是在为皇宫放哨，没关系的。"岐仆说道，随后抬起头冲天上喊了一声，那几只苍鹰便直直地俯身冲下来，在星女身边绕了一圈后飞走了。

星女也不知道那条路他们走了多久，只知道自己身边就是深不见底的万丈悬崖，想着又不能表现得太过胆怯，结果中途好几次险些跌落，都被岐仆给救了回来。

　　远远地，眼前出现了一座构造精美、高达几百层的木质宫殿，很是雄伟。这时，星女突然想起神史长曾说过，岐族人不但擅长美食，而且擅长雕刻。宫殿的牌匾旁边是两只傲视群雄的凤凰，听说建造这座皇宫时，岐族正值被第三任女皇所统领，雕刻者为了讨统治者欢喜，特意将前面的两只巨狮换成了凤凰。女皇十分开心，下令她的后代打败敌人后，要把他们的鲜血涂在两只凤凰的羽毛之上；但是奈何她的后代并没有听从她的命令，与战争相比，他们更喜欢隐匿于世，所以宫殿前面的两只巨型孔雀仅有一只被涂满了血。

　　进了宫殿，映入眼帘的是一座风景秀丽的小巧园林，这里的格调与岐族本身的豪迈气质完全不相符。听说是当时的岐王因为太皇太后来自卫族，刚嫁过来的时候过度思念家乡，专门为她建造而成。星女不禁感到好奇：池塘里面的荷花开得正艳丽，偶有蜻蜓停立在上面，而墙角的寒梅却也傲然开放着。

　　岐侍扶着她的手，一边带她走过假山和矮桥，一边解释道："现在我们经过的是一处巨大的园林，不过这里的一切都是木质的，池塘里的荷花、墙角的寒梅，连蹲在树枝上面的喜鹊都是木质的。这些都是第五代岐王为了让自己的妻子不再思乡，特意命族里的能工巧匠雕刻的，而且是按王后母家的样子以一比一的比例建造而成的。这园林中的花，即使仔细看也是看不出来真假的，甚至上前细闻，还能闻到花朵的清香，那原是上面涂抹了荷花上的颜色和香料的缘故……"

知道星女双目失明，岐侍十分耐心地一一介绍着。而星女虽然对眼前的一切深感惊叹，但是眼睛里却表现得十分平静。

　　她之前在神校的时候听过神史长讲第五代岐王的情深史，看来岐侍对此也应该只是一知半解而已。这座园林其实是岐王亲手为卫族的三公主做的，但是纵使他对她再好，他也是她的灭族仇人，她每日要么对着窗外哭泣，要么出神地望着悬崖外的一切，终于一日，在众目睽睽之下，在岐王的面前，纵身一跃，消失在了悬崖下的林海之中。从那之后，岐王便每日拿着香料一遍遍地刷着这处园林。现在看来，也许岐族就是在那个时候退隐于这高山之中而不问诸事的吧？

　　大殿之上，岐王看着眼前这个曾经在岐族名噪一时的女子，不得不承认星女的形象确实和他原来预想中的不太一样。他原以为这么有阅历的女孩子一定身躯佝偻、面容沧桑，但是大殿下面的女子一袭素色衣衫，温润且美好地站在那里，一副遗世而独立的清高模样。

　　"听说你擅长隐身术？"

　　"谈不上擅长，只是之前有段时间当过星族公主的伴读，所以略知一二。"

　　"这么说，你是前朝的遗仆？"

　　"是的，后来星族灭亡，我也双目失明，只得四处游荡。"

　　"我有个独子，今年刚满四千岁，我想着在他去神校之前多个人教导也是好的，不如你就留在岐宫之中，做我爱子的伴读如何？"

　　"民女谢恩。"

　　星女被岐仆领着，穿过一间间华丽的屋子，终于在走廊的尽头找到了属于自己的屋子。

"这里便是你的住处了。"岐仆说道。

星女双手试探着向前推房门，岐仆见她不方便，上前替她推开后转身离去。

星女听着身后的脚步声越走越远，这才扭头观望，确信走廊无人之后刚想走进去，突然发现墙上镶嵌的玉石折射出的人影，那人就在走廊拐弯处。

星女想是岐王派人来观察她的，不过也是，人人都说这岐王心思细腻且敏感多疑，倘若没派人跟踪她就这样草草地把她放在太子身边，那才让人觉得不正常呢。想到这儿，星女便又装作什么都看不见的模样，用双手试探着前方的路。

星女很满意给她分派的小屋子，虽然不大，但是打开窗就能看到远处绿油油的林海，苍鹰飞过还不时歪着脑袋看看她。

星女站起来，摸了摸周围的木头墙壁，熟悉了一下环境后就把随身带着的包裹放进了木柜之中。

她走到门口，草草地用椰子盆洗完脸后躺在铺满芭蕉叶的床上熟睡过去——今日走了好久的山路，她实在是累坏了，以至于蝴蝶从窗外飞进来落在她的脸上她都不知道。入夜后的岐族十分清冷，星女也不知道她是被外面狭窄的走廊里人来人往的嘈杂声吵醒的，还是被窗外的夜风给吹醒的，她在黑暗里面想摸索地打开橘子灯，又猛地想到自己是个盲女，转而拿起了旁边的绒花衣披在身上走出了房间。刚推开门，房间外面饭菜的香气便迎面扑来，岐侍走上前来。

"我刚好想去叫您呢，开餐了。"

星女礼貌性地点了点头，将手放在了岐侍的手臂上。

不知道转了多少弯、上了多少层楼梯才到岐殿。岐殿很大很长，但是却异常狭窄，顶多只能两个人比肩而行，虽然房间数量很多，但都不是很大，只能放下一张双人床和一张梳妆台，再多放一件家具便显得分外拥挤起来。

星女看着眼前的宴厅，本以为会变得大一些，却还是左右短、前后宽，不过许是大殿内点满了橘子灯的缘故，这里与其他地方比起来显得异常明亮。

她被侍仆引领着坐在了岐王的身边，透过她面前的鹿角台，星女可以看到岐王口中的那个儿子。可能是因为这里日照充足、水草丰盛，这里的人肤色都比她黑——况且作为星族的公主，她的皮肤本就生得比常人白些，但与这些人相比，更是白得有些突兀。

星女大致看了一下四周，发现周围人都在盯着自己，略微有些不好意思，转过脸去，只见岐太子正一脸嘲讽地看着自己。

"喂！我说你是真瞎还是假瞎？"他一脸不屑地问道。

星女在心里暗暗觉得略微有些不适，想着这个太子恐怕是不太好管教。

"我虽然眼睛不好用，但是却不瞎。"

众人听到星女这样说话，纷纷转过头来。

岐太子站起身来，拿着手中的叉子一把刺向星女，但是星女却没有任何反应。

"嗯，看来你是真瞎。"

"坐下！"见状，岐王厉声呵斥道，转而对星女说，"是我平时对他太疏于管教了，还请雪儿姑娘不要见外。"

岐太子不服气地小声嘀咕道："瞎就瞎呗，还文绉绉的。"

"住嘴！"岐王再次呵斥道。

但是岐太子仿佛像没有听见一般，继续说道："我看你长得比我们都白，肤色太难看了，就像椰子蛋一样，以后我就叫你椰子蛋吧。"

岐太子话音刚落，大家便哄堂大笑。岐王略有些尴尬，咳嗽了几声，吩咐手下上菜。

菜品果然不出星女所料，都是珍馐细作。大家有说有笑地一边吃，一边欣赏舞蹈。几段歌舞过后，一个巨型盘子被端了上来。侍女们用腰间的刀片将那盘子中巨型的腿切下来几片肉，然后分到每个人的盘子中，撒上蜂蜜和桂花，不过还是阻挡不了有一股腥味儿扑来。星女冷眼看着周围人吃得不亦乐乎，自己却怎么也吃不下。

岐王瞧见她那副样子，解释道："这巨型蜥蜴的腿是我们最威武的将军归来的战利品，要献给像你这样最尊贵的客人。"

将军夫人坐在星女的身边，见星女不敢吃，便亲自将肉割成一小块儿喂到星女的嘴里。

星女面无表情地咀嚼着，蜥蜴的肉并没有全熟，腥臭的汁水瞬间溢满了唇齿之间，她几度恶心得想吐出来，但最后还是忍住了。

教岐太子的内容无非就是自己学过的法卷和神史中最简单的部分，因为还没有收到神校的正式录用，所以一些较为深奥的内容星女也不打算教给他。

然而，这个岐太子比她预想中的还要顽劣不堪，他的心思好像不并在法术、神史上面，星女也没有发现他有什么兴趣爱好——他只是每日躺着，屋子内凌乱不堪，也不吩咐下人帮忙打扫。

星女磕磕绊绊地走进他的房间，问了几声，无人应答，想着太子应该是还在床上躺着，便蹑手蹑脚地向床边走去。

"我在这儿。"

星女循声而望，只见岐太子趴在窗户旁边，正百无聊赖地在那里斗蛐蛐儿。

"为什么不去学法术？"星女问道。

"不想学就是不想学咯，哪有那么多为什么！"

"你在干什么？"

"斗蛐蛐儿，你瞎吗？"岐太子问道，但是转念一想，又说道，"噢，你瞎。"

星女叹了一口气，在岐太子身边坐下。

"你坐我身边干什么？我父王花了不少钱雇你来的吧？"

"嗯，玉石千两。"

"他也不看看你值不值这个价格。"岐太子一脸鄙视地看着她。

星女没有说话，只是静静地坐在他的身边。岐恒觉得没什么意思，便也不再理睬星女了，回到床上倒头就睡了过去。

本以为昨日岐恒对自己那么无礼，自己还不发脾气，他多少会有些内疚的，但是星女发现岐恒其实压根就完全不在意自己的感受，第二日还是照常没有来上课。

星女找了很久才找到岐恒。此时，他正坐在一棵大树下面，浓烈的阳光透过树叶照在他的脸上，他身边围满了一群穿着破破烂烂的小孩，嬉闹着正抢他手里的蜜饯。

那几个小孩见星女来了，便停止了喧闹，怯生生地退后看着她。

岐恒感觉身后有人，逆着光线转过身，眯起一只眼，看到是星女便又不屑地转过身去。

"你怎么来了？"他问道。

"怎么不去上法礼的课？"

"不想上就不上咯，哪有那么多为什么？"

星女叹了一口气，走上前去，挨着岐恒蹲了下来。那几个小孩还是没有说话，只是呆呆地看着星女。

"姐姐，你的皮肤真白，真好看。"其中一个小孩怯生生地说道。

星女循声望去。

"姐姐虽然看不到你，可是听你的口音，不像是岐族的小孩儿。"

剩下的那几个小孩见星女说话温温柔柔的，便都胆子大了起来，走上前，围在星女身边开始问东问西。

岐恒站起身来，拍了拍手上的糖渣，转身朝身后的大岩石上躺去，炽热的阳光没有一丝余留地洒在上面，岐恒闭上眼睛，双手打伸展开，一副十分享受的模样。

不知过了多久，星女才站起身来，向岐恒走去。

"你是怎么找到这儿来的？"

"隐身术的初级功力就是训练异物感，等你学会自然就懂了。"星女坐在岩石上面，略有所思地看着前方。

岐恒略微有些尴尬，话锋一转，说道："这些孩子都是战俘的孩子。"

星女一惊，双目仍旧若有所思地看向前方。

"原本就不是这里的人，所以也受到了族人的排挤，没有房屋，没有食物，也没有像岐族人那样爬上这些参天大树去找寻果子的本领，如果我再不照顾他们一些，恐怕他们早就喂了这里的巨蟒了。"

岐恒说完，翻身转过去，不一会儿便睡熟了。星女静静地坐在他的身边，阳光照射在她的衣衫上，散发出淡淡的香气，岩石周围浓烈耀眼的红色扶桑花如同喝醉一般，摇摇晃晃地浸泡在浓烈的光线里。星女看着那些小孩们嬉笑着、打闹着，不禁也犯起困来，打了几个哈欠后便倚着旁边的石头沉沉地睡去了。

　　就这样不知睡了多久，当星女再睁眼的时候，四周逐渐暗淡了下去，除了岩石上面还残留着几丝光亮，盛夏的热浪渐渐褪去，随着皎月升起的是阵阵的清凉。

　　岐恒翻了个身，用手拍了几下脑门，清醒了过来。

　　他站了一会儿便一只手撑着跳下了岩石，四周一片寂静，看不到扶桑花的颜色，只听到蝉鸣和田蛙的声音。他穿过花海时惊起了好多漂亮的萤火虫，它们萦萦绕绕向深空飞去，宛如星灵一般，点亮了四周。

　　星女望着他远去的背影，不禁羡慕起他那一副什么都不在意的洒脱来，以前的自己又何尝不是他那副模样？

　　在岐族的日子如同流水一般平静，星女偶尔有那么一瞬间甚至萌生了想要在这里久居的想法，但是这种想法很快就被面前不学无术的岐恒给破灭了——若是日后她真的成了岐族内部御用聘请的皇家御师，那么以后的日子就都要面对这么一张无所事事的脸了。

　　还是不要了，星女想到这个就感觉头痛。

　　"御风术的第一步，就是先要戒掉荤腥，然后减掉体重。因为御风术一开始练的时候十分艰难，如果体重不合格，在空中飞行的时候会十分危险。"

　　"我不学，飞来飞去的，太娘了。"

　　星女一脸无奈地看着岐山。

"那就学借物术。所谓借物术，就是把别人的东西转换到你的面前来，但是要记住物品一定是在当时当下的，如果要借物于未来或是过去，就会遭到反噬。"

"借物术？说的真是好听，不就是偷东西嘛！我才不要学这种下三烂的招数。"

星女不耐烦地把法卷合上，问道："那你说，你究竟要学什么东西？"

"什么法术之类的我着实是不感兴趣，不如这样吧，椰子蛋，你给我讲故事如何？"

"讲什么？我不会。"

"不是吧，你在岐族可是因为故事才出名的，要不然你一个平民小辈，怎么会来到岐族的皇室？"

"那，你要听什么？"

"随便。"岐恒一边说着，一边摆出就要躺下来的架势。

"是你让我给你讲故事的，你现在又要睡觉？"

岐恒听到星女这样说话，不由得从地上跳了起来，走到星女面前，拿手在她面前开始晃。

"不是吧，这你都知道？我真怀疑你眼没瞎。"

"我早就说过了，隐身术的第一课就是异物术，我也早就给你讲过了，是你自己没有听进去。"

星女无奈地摇了摇头，想着岐恒既然要听故事，索性讲起了神史。

日子就这样一天天如同流水一样逝去，虽然入了皇宫，给太子殿下当了伴读，但是星女和将军夫人并没有因此断了联系。

岐红觉得烦闷的时候仍旧会来找星女，两个人一边聊着天，一边在岐殿的四周转一转。星女还是会给岐红讲自己所见到的奇闻轶事，岐红也经常将这些故事作为素材写在岐族的那棵巨大的芭蕉叶上面让大家去观看，有时候两个人甚至会不知不觉一直聊到天黑。按照岐族的规定，宫外的人是不可以留在殿内过夜的，岐红听完故事还好，要是没听完，任凭星女怎样劝说都不愿意离去，一直会磨蹭到岐仆强令将她拖走。

　　岐殿之外，星女和岐红坐在悬崖边缘，两个人惬意地一边吃着桑果，一边看着远处的风景。

　　"夫人，你知道吗？听说龙族的人马上就来岐族了。"

　　"对啊，这件事情我知道，怎么样，我夫君厉害吧？如若不是当年让我夫君帮衬着，岐族哪有今日的盛景呢？"

　　"对啊，如果没有将军的话，岐族恐怕仅仅是一个无名小辈罢了，如今却变成了连神界的人都要来拉拢的大族，这里面一定有将军的功劳。夫人也一定会来吧？听说宴会上有很多精美的刀叉之类的厨具，是用龙族最珍贵的材料制成的，还有很多来自七界各地的宾客。夫人来了，可以和他们聊一聊，顺便还能开阔眼界，写出更加惊心动魄的故事情节呢。"

　　"这——"岐红的脸上露出难堪之色。

　　"怎么了，夫人？"

　　"我原本也是要去的，但是我夫君说，这次事关重大，要我待在府上。"

　　"哎呀，夫人，什么事关重大啊？皇族里面的女眷都在呢，这次的机会可是几万年一遇啊，现在的朝代更换得如此之快，下次可未必会有如此盛景了。"

"我再考虑考虑吧。"

"哎呀,考虑什么啊,就这样定了。"

"我……可是我没有入场符啊。"

"这不是有我呢嘛,我可是太子的伴读,一张入场符我还搞不到吗?"

星女紧紧握着岐红的手。岐红笑了笑,说道:"你真好,谢谢你。"

这次龙族来赴岐族的宴请确实是事关重大,星女手中也确实有一张入场符,她本来是要坐在岐山的身边指导他认识神界各位前辈的,但是奈何她完全不想去——毕竟龙王和龙太子都见过自己,如果到时候被认出怎么办?自己的事情都还没有办妥,如果被认出来,不但自己的计划无法完成,而且不知道到时候自己会葬身何处。

既然岐红这么想去,不如将自己的那一张入场符让给她,这样一来可以保全自己,二来让岐红不知不觉助自己一臂之力,岂不美哉?

第十七章 岐族被灭

　　为了让岐红更好地混进去，星女索性出主意，让她打扮成舞娘的模样混在那些舞娘之中，因为宴会这一天，七界各族的达官贵族以及皇子皇女们都会打扮得十分靓丽，从四面八方纷至沓来。

　　星女本来是跟在岐山身边的，突然猫腰说自己肚子疼，旁边的岐侍本来打算跟着星女，但是岐山摆了摆手示意岐侍算了，星女便自己一个人只身离开了。

　　星女回到自己的住处，打开窗户，只见一辆马车正从下面的绿海之中跃起，向岐殿这边飞来。那匹巨大的白马很快越过岐殿，停在殿外平坦的草地上，一些穿着彩色衣裳的宫女们，各自抱着自己的乐器，叽叽喳喳地从马车上走下来。其中有一女子模样格外出众，即便淡淡的妆容都掩盖不了她精致的五官，一袭黄绿色的彩衣更是平添了几分俏皮之感。

　　星女见岐红从马车上走了下来，径直走上前去，顺手将自己手中的入场符放在了她的手里，然后随即离开了。

"哎，你是哪个族的乐器女官啊，怎么感觉之前好像没有见过你？"其中一个抱着竖笛的女子问道。

"我原是星族的舞女，后来星族灭亡了，我便去了天族，被分在了掌管乐器的女官之中。"

"噢，难怪好像没有见过你。"那个女官捂嘴娇笑道，"不过你长得可真不像星族的女子，生得如此明艳，倒像是在岐族长大的呢。"

"哎，这次咱们好像还要上去伴舞，听说岐族的舞蹈好像和龙族的不太一样。我刚刚听掌典司仪的人被岐王给骂了，说是未曾事先准备好龙族人喜欢的舞蹈，我觉得很有可能要咱们上场。"

"是吗？那真是太好了！等回到族内，不仅可以拿双倍的价钱，这期间要是被哪个富家子弟看上了，这以后可不就是飞黄腾达了嘛！"

岐红不愿再和这些人说话，抱着手中的筝独自走到旁边，找了一个清净的地方坐了下来。

岐红看着周围的人来来往往，服饰各异，说实话，这种场面她还是第一次见，即便是将军夫人，也没有资格去参加神界的宴会，只有皇室及其宗亲才有资格。

岐红站起来，一边听着过往人的言语，一边漫不经心地擦拭着手中的琴。

"你这件衣服可真好看啊！"

"可不是，我这衣服可是用玄族上好的血珍珠一颗颗穿起来的。这血珍珠啊，不仅美容，还能够延年益寿呢。"

"你这身艳丽的红色还真符合岐族，黑色的孔雀羽毛扇也是配置得恰到好处。"

"哎，你猜，龙族这么多太子里面，龙王最偏爱谁？"

"这还用说吗，大太子呗。"

"才不是，是三太子。"

"三太子？不会吧？听说他的母后是个卖桃花酒的凡人之女，而且之前龙王在神族宴会上还当着那么多人去苛责他。"

"这你就不懂了吧？龙王可是个精明的人，他之所以对他这么冷淡严厉，无非是想培养未来的接班人啊！"

岐红一边擦拭着手中的乐器，一边竖起耳朵听着。

"哎，这皇家的事情，岂是我们这些人能看得懂的？"

"看不懂也得看，只有看懂了，才知道跟着哪些人是对的，走对路才不至于有灭顶之灾啊。"

这时，岐红远远地见岐王走了进来，身后跟着自己的夫君，她急忙将面纱盖上，向后挪了几步回到了那群舞女之中。

"龙王能来我岐族，真是令岐族蓬荜生辉啊！"

"哪里哪里，快快上座。"

一行人坐下来，酒过三巡之后，歌舞开始表演。刚才那个舞女没有说错，岐族的歌舞被撤下之后，她们这些本就在七界之中最擅长表演的女子被推到台上，以填补时间缺口。轮到岐红了，她款款上前，表演了一支独舞，结果她单手放在胸前鞠躬行礼以示结束之时，面纱突然间掉落下来。

四周瞬间鸦雀无声。

"红儿，你来这里干什么？"将军站起来，疑惑地问道。

岐王也愣了，不知道为什么这个舞女是岐红。

"陆晚，是你吗？"这时龙王突然站起身来，怔怔地问道。

岐红也被这突如其来的架势给吓了一跳，她戴上面纱，转身打算离去，岐王却突然叫住了她。

"岐红，还不拜见神王！"

龙王愣了愣，转而摸了摸胡子，突然间大笑起来，指了指岐王说："知我者，岐源也，哈哈哈哈！"

龙族就这样在岐族境内大摆宴席三天三夜。龙族给一个小族这么大的颜面是其他人完全没有料到的事情。几天之后，龙族带着岐族丰富的贡品得意扬扬地走了，当然连同那个和陆晚长得一模一样的岐红。

岐族民众一片哗然，他们眼中恩爱的夫妻瞬间被拆散。岐山再也无心去上朝，整日在家里以泪洗面，醉生梦死。岐王许是对他有些许歉疚，倒也默许了他的行为，即使他每日不务正业没有撤去他大将军的职位，让他仍旧住在府邸，继续享受着锦衣玉食的生活。不过这些怕是都做给外人看的，实际上岐王早就害怕岐山因为这件事情对自己有什么不满意，借口收回了兵权。

岐族仍旧是一片安居乐业、欣欣向荣的景象。

岐红走了，将军府前面那棵和树府一般高的大树再也无人照看，那些写满故事的芭蕉叶也掉落了满地，渐渐地就再没有人前来观赏了，后来有些居民甚至把它砍掉了，原因是它长在路边实在是不够美观。而那些曾经因为她的故事而感动到哭或者笑的民众，很快就淡忘了树府中的那位女主人。

星女之后去过那棵树下，在那棵树没被砍掉之前，但是那芭蕉叶上面的字早就已经模糊不见了。

"你说，我们有没有来生？"书桌前，星女突然没由来地问了这么一句。

岐恒看着昏黄的橘子灯下的她，不禁感觉有些奇怪。太阳落在长满树海的山谷的另一边，余晖温柔地打在她的侧脸，她眉头紧锁。

"你没事儿吧？"岐恒问道。

"没事儿，只是觉得惋惜。"

"你是因为将军夫人的事情吧？"

星女愣了一下，没有说话，看着远处最后一丝光亮也被染上墨色，晚风吹来，空气中溢满了盛夏的熟香。

"我就知道你那天突然说肚子不舒服，肯定是在打着些什么主意。原来你是把入场符给了岐红，这件事情也能不怪你。其实大家都知道，岐红和龙王的先夫人长得十分相似，所以才不让她参加的，谁知道她竟然自己去求你了，所以原也不是你的错，或许这只是她命中注定的一劫罢了。"

星女没想到岐恒会这样说，心下顿时觉得宽松了不少。本来以为他一定会怀疑自己的，现在也不用自己多解释些什么了。

日子一天天地逝去，这些对于他们漫长的年岁而言其实并不算什么，听说凡人的年岁仅有短短的数十年，却可以换得永生；而他们虽然有几亿年的光景，但是逝去的话就如同雨水蒸发一般，在这世间是找不到任何痕迹的。

岐恒走了，星女依偎在窗前，树海被夜晚的风吹得沙沙作响，她就这样不知不觉地睡着了，直到第二天岐恒把她叫起来，她才知道自己昨晚竟然一夜未归。

岐族身处温暖湿润的地方，雨水比别的地方要格外多一些。

星女一开始还仅仅只是趴在岐殿的窗前，看着远处雾气蒙蒙的雨林，后来风直接吹着雨水向窗户里面斜斜地灌了进来，星女不免觉得有些冷，便关住了窗户，顺手从木柜中找出几大片晒干的芭蕉叶铺在了床上。晒过的芭蕉叶没有多少水分，柔韧度也刚好，星女躺在里面甚至能闻到阳光的香气，不一会儿便迷迷糊糊地进入了梦乡。但是没过多久又像突然好像想起什么事情一样从床上跳了起来，拉开门，双手摸摸索索地向殿外走去。

岐殿外面电闪雷鸣，蒙蒙细雨逐渐变成了瓢泼大雨，星女光着脚，一深一浅地走在草丛里，周围不断地有田蛙从小水洼里蹦出，跳过她洁白细腻的双脚。岐族人都躺在树屋里面暖暖和和的芭蕉叶上睡着觉，动物们则在巨大的树枝上面躲雨，四周空无一人。星女凭着记忆找寻，走过一片片茂密的灌木丛。

当岐恒来的时候，星女早就把那群流浪的小孩儿给安置好了，他们躲在巨大的岩石下面，一双双眼睛黑豆豆的，闪着温暖的光。

"你怎么来了？"

岐恒礼貌地问候了一下，星女没有回答他。

见那些小孩都无大碍，岐山便从四周的岩石下面找来了一些干燥的柴火和枯树叶，他看了星女一眼，一件白白的薄纱衣衫已经被雨水给浇透了，洁白的脚丫上全是污泥和血水。他让星女点火，自己坐在一边的石头上面，将手中的枯树叶编成了一条裙子。

"换上吧。"岐恒走进山洞，对星女说道。

星女接过裙子，准备将衣服脱下来，岐恒急忙转身，支支吾吾地说道："你……你先换着……有事儿叫我。"

星女换上裙子后，自己找来几根树枝，将它们搭起来，放在篝火旁边，又将自己白色的衣衫放了上去。

岐恒找来一些蘑菇和一些不知名的红果子。他先将椰子剥开，把椰汁给几个小孩分了之后，又将蘑菇和红果子放在一起，接了一些雨水，一起将它们放在火堆上。不一会儿，一锅浓郁的蘑菇汤就做好了。

岐恒给几个孩子分了一些汤后，向星女走过来。

"喝点儿吧，驱寒。"

星女接过岐恒递来的蘑菇汤，一边喝，一边看着雨帘外面的景色。夜色将近，许是下雨的缘故，远处的天空竟然呈现出淡粉色。

"你应该教会他们如何爬树和觅食。"星女说道。

"没用的，岐族人十分重视食物，这些孩子是外族人，即使学会了那些本领，到手的食物也会被抢走，而且可能会更加危险。我每次都会定期来给他们存些食物，那些人一看是岐太子的食物，便也不敢动了。"岐恒突然转头，看着身边的星女说道，"对了，我没有想到你会来。"

"噢，我只是突然想到……"

星女说完，低头喝了一口蘑菇汤。岩石外面的未被树木遮住的天空，空气中不断地有阵阵清香向岩石下面涌来，岐恒枕着石头渐渐地睡了，几个小孩也四仰八叉地睡熟了，火堆里最后一丝火也熄灭了，星女头枕着一堆枯树枝，望向雨帘外面，静静地发呆。

"我不愿意学神校的东西，其实不是针对你。"

黑暗之中，岐恒突然蹦出了这样一句话。

"嗯。"星女淡淡地回应道。

"我从小没有母亲，那时父王还是太子，整日忙于政务，是祖母一手把我带大的。祖母是卫族的公主，也是从小和祖父一起长大的青梅竹马，但是岐族灭了卫族全族，我亲眼看到祖母从岐殿的窗户上一跃而下，葬身于悬崖下面的林海。"

黑暗之中，星女的眼睛黑亮亮地看着远方。

"祖母死后，我昏迷了好久，梦见自己去了人间，无亲无友，自己一个人在一个叫武陵的地方捕鱼为生，每日游山玩水倒也十分快活。可后来不知怎么的去了一个景色十分美丽的地方，花草鲜嫩美丽，落花都掉落在地上，十分好看，我走进那个狭窄的山洞，那里的人说他们不知道外面世界的样子，每个人的脸上都洋溢着热情和笑容。然而当我再过去的时候，就已经没有了踪影。小时候我学习其实很好的，教书的老师都说在法术方面我比我祖父都有天赋，可是经历那场梦之后我再醒来时，功课便没有之前那么好了。大家都说我整日晃荡，不干正事儿，说的话也像个痴傻之人……"

"学些东西还是好的。"星女说道。

岐恒怔了怔，转过身没有说话，不一会儿便响起了沉重的呼吸声。

星女继续望着外面的雨帘，发着呆，突然转身将脸蒙起来，眼泪大颗大颗地滴落下来，浸湿了刚晾干的衣服。

他们这些人，原是逃不出一样的命运罢了。

星女虽然睡得最晚，醒得却很早，啄木鸟啄树的声音在她耳边不停地响着，她翻来覆去睡不好，最后只得无奈地起来了。她走进山洞换好衣服。

"走吧。"

星女出来的时候，岐恒已经将几个孩子送了回去，想到星女眼神不好，便把胳膊伸在她面前，想让她挽着自己。

话说岐红自从被龙王接走之后，岐山每日几乎以泪洗面，虽然兵权被岐源收走了大半，但是他自己私下培养的军队倘若与正规的皇室军队比起来，也是不差分毫的。那些士兵们早就迫不及待地想出来为岐山效力，然后功成名就了。

"不想？由不得你想不想，滚出去！"

星女站在殿门口就听见岐王在责骂岐恒。她知道岐族最近一直在密谋一件大事，而这件事的第一步就是让岐恒迎娶邱族的公主。

岐恒推门而出，见星女站在门口，便捂着脸颊从她身边走过。星女跟在岐恒身后。

"你原是该听你父王的话的，他也是步步都在为你算计而已。"

岐恒不说话，气冲冲地向前走着，走到回廊转弯处突然停了下来，树叶的影子斑驳地倒映在他的脸上。

"如果我抛下一切和你走，你愿意吗？"

星女被他这突如其来的一问给吓得愣住了，过了半晌才小声地说道："他原是为你好，给你谋求的路也是最好的。"

岐恒冷笑了几声，看看她，转身离开了。

其实这里的每个人的心里都怀揣着自己的算盘，都戴着面具生活，除了他——岐王看似不务正业，只喜欢摆弄吃食，实则敏感多疑，比谁都看重王位。他利用岐红做幌子把岐山的军权拿了回来，一来，是为了表示自己的忠心好让龙王放心；二来，他知道岐山私底下有军队，但又不清楚到底有多少军马，这对他来说无疑是个威胁。他想着不如趁机收回兵权，就对岐山说他们要偷偷地攻打龙族，这样一来，岐山不但会够觉得王上和他一心，而且到时候岐山只能用自己的兵马，倘若赢了，岐山的实力不仅减弱，还会消除龙族这一祸患；如果败了，索性就把岐山往外一推，推诿他私下训练兵马，如此龙王也不会太难为自己，岐山也将必死无疑，从哪方面看这结果都是自己获利啊。

然而岐山也并不是个傻子,他恐怕早就知道岐王要派人来追杀自己,所以索性也借着自己痴情的名义去攻打龙族,实则反过头来想要推倒岐王。

他们君臣之间早就已经面和心不和了,这次不过是星女主动将岐红推了出去,给了这对君臣一个挑明翻脸的好机会罢了。

岐王爱子心切,想给岐恒找一个可靠的归宿——如果输了,岐恒娶了邱族公主,也不至于会丧命。

星女没有说假话,因为她也想让岐恒拥有一个好的归属,毕竟除了这么多年师徒的情谊,他的善良让他本就不该卷入这场洪波之中。

他的善良值得他得到一个真正爱他的人,和他相伴到老,陪他子孙满堂。

第十八章　偶遇楚析

　　不久之后，岐族和龙族大战，岐族因为君臣二心而大败，星女就这样被当作岐族的遗民流落在七界之外，她不知道未来的生活在哪里，便一直朝东面走去。不知道走了多久，只见四周烟波浩渺，一时间分不清楚水雾与湖泊，虽然看不清人影，但是依稀可以辨别出从不远处有嘈杂的声音传来。星女循着声音走去，前面出现了淡淡的光亮，只是隔着大雾依旧分辨不清。走近了，才知道那是几只甚是好看的梅花鹿，鹿角散发着柔和的橘色光芒，笼罩着四周的人群。

　　星女打算上前一看究竟，却被同行的流民拦了下来。

　　"这些都是各族流民的栖息之处，还是少管这些事为妙。"

　　星女不屑地看了她一眼，说道："我还偏要管了。"

　　她走上前去，拨开重重人群，这才看到人们围着的是一顶喜轿。轿子上躺着一个十七八岁的赤身少女，只见她双手交叉护着胸前，双目紧闭，但是从她微微颤抖的睫毛可以看得出内心十分害怕。周围几位身穿华服的老嬷嬷一边诵经，一边往她身上洒浓郁的乳汁，那冒着热气的乳汁刚浇到她的身上，瞬间凝固成白色的薄纱覆盖在她的身上，远远看去，仿佛穿了一件飘逸的仙裙。过了一会儿，老嬷嬷退下，几位长得端庄标志的美艳少妇走上前来，把装满珍馐的银器摆在她的周围，其中一个带着面纱的少妇把一颗紫色的珠子递在了少女的唇边，少女微微发抖，紧闭双唇，不愿意张开嘴。于是那人便拿一支银针刺在了她的眉间，逼迫她吞下了那颗珠子。

礼成之后，一行人开始吹吹打打，将乘着少女的轿撵推下了海岸。那顶鲜艳的喜轿一开始还在海面上晃晃悠悠地飘着，不一会儿便停在了海面中心并缓慢沉下。只听得遥远处传来几声少女挣扎的哭喊声后，海面又归于平静，浩渺的青烟飘过仿若镜面的海面，没有任何涟漪。

人群在一些人发出的叹气声中逐渐散去，那几只鹿角会发光的梅花鹿也轻轻地点着头，跟在那群默默行走的人群的后面。

星女有点儿发呆，她愣在原地，等反应过来飞到海面上时才发现刚才那少女已经不见了踪影。

"你们……你们怎么回事啊？"

星女试图拦住那些人，大喊道，却没有人回应她。

"救人啊！"

星女拉住一位老婆婆的手，没想到那老婆婆突然间反抓住了她的手，轻轻地摇了摇头，示意她不要再说话。星女默默地跟在那位老婆婆身后，不知过了多久，她们才看到一个村落，老婆婆把星女领到家里，又给梅花鹿喂了一些干草，转身点燃身后的煤油灯，放在了油晃晃的床桌上。

老婆婆随后又沏了一壶茶，拿了几个有些缺口的杯子，倒满茶后递在了星女的手上。

　　"阿婆，这是为什么？"星女哪里顾得上喝茶，她放下手中的茶杯，没有耐心地询问道。

　　"姑娘，你有所不知，我们这个村子叫宜州，虽然这里的人都是各族的流民，但是之前这里可是一个还算繁华的小镇，后来莫名其妙地就开始水灾泛滥。有巫师说是因为我们得罪了玄族的人，可是我们这些人从未和玄族人有所来往，何来得罪之说啊！"阿婆顿了顿，见星女没有什么反应，继续说道，"后来巫师说，我们只有每年在寒季之时祭祀一位妙龄少女，这水灾才不会泛滥。大家没有办法，只能依照巫师的方法去做，虽然水灾是止住了，可是失去了多少人家的姑娘啊！"

　　阿婆一边说，一边在昏暗的灯光下掏出一条手帕抹泪。

　　星女喝完杯中的清茶，由于走了一天的路，着实感觉疲倦，打了几个哈欠之后便倚着桌子沉沉地睡去了。阿婆见状，轻轻地把她扶下来，给她盖上松软的新被子。忙完之后，阿婆便地坐在星女的旁边，静悄悄地看着她熟睡的面颊。

　　若是她的女儿还在，大概也这么大了吧？可惜那些人没有骨气，只能靠牺牲女孩的性命来维持这世间的太平。想到这儿，阿婆的眼泪便吧嗒吧嗒地掉落下来。

　　突然间，那老婆婆像是受到了什么刺激，猛地摇醒了星女。

　　"姑娘，你快走吧！"

　　星女被突然惊醒，有些愣神，

　　睡眼蒙眬中，老婆婆干枯的手正举着煤油灯，微弱的灯光下，她的面容清晰可见。

星女正打算问些什么，转眼间已被老婆婆带到了门口。还没有来得及打开房门，只听见屋子外面有轻微的声响，声音不是很大，但是可以知道屋子外还是有很多人的。

老婆婆轻轻地拉了星女一下，示意她从后窗出去。可是还未打开后窗，那群人早就已经破门而入了。

星女被那些人团团围住，为首的长满胡须的壮汉见她并没有昏迷在床上，转身质问那老婆婆。老婆婆跪在地上，还未等说话便噗的一声跌倒在地。

"你们这群畜生！"星女骂道。

"姑娘，对不起了，我们也是没有办法。"为首的那个壮汉一脸无奈地说道，"而且你是正值年少的女子，我们也只能这样做了。"

这时，几个人瞬间涌上来用麻袋套住了星女的头，任凭她怎样挣扎都无动于衷。最后那些人嫌她太闹腾了，便一棍子把她打晕了过去。

就这样，不知过了多久，星女才渐渐地恢复了意识。

待她醒来时，发现自己早就身着红装，坐在一顶华丽的喜轿中，周围没有任何声音。她屏住呼吸，拉开轿帘向外看去，只见自己置身于一片无字墓碑之中，冰凉的海水从她的指尖穿过，世界是静止的，除了海水轻轻翻滚的声音。星女想站起来，却发现自己根本就没有办法动一下，轿外传来轻微的踩踏海底沙石的脚步声，那声音越来越近，越来越近，最后在她的轿子前面停了下来。

星女大气也不敢出一声地盯着那轿子的门帘，那帘子被拂过的海水微微掀起。她能看到轿外那人脚上穿着的镶着金丝边的黑绒靴子，从鞋子的样式来看应该是一个年轻男子。那男子走到轿子前，却没有拉开轿帘，只是隔着轿帘站着。

星女也由一开始的害怕转变成了好奇。

不知过了多久，那男人苍白的手从轿子外面探了进来，海水轻轻地晃动着轿窗的帘子，那些无字墓碑在深蓝的海水中显得更加凄美而诡异。

星女想站起来，却发现自己除了手臂能动，其他地方就像被施了法术，如木头块一样毫无半点儿反应。

猛地，她突然想起之前在岐族为了吃甘蔗而随身携带的一把小刀，费了九牛二虎之力才把它从腰间拽了下来。

轿帘这时完全被掀了起来，眼前浮现出那男子全部的面貌。

隔着鲜艳的面纱，她能看清那男子大致的轮廓。他身材高大，五官立体而深邃，幽暗的蓝色眼眸中透射出一种让人无法接近的清冷和孤傲，金丝绒镶边的黑色袍子被海水轻卷翻飞，散发之下是异常白皙的肤色，眉间那一枝红色的凤尾花却是格外的妖艳。

他把手伸向她的面前，想要拿掉她的面纱。

这时，星女的手指突然间触碰到了自己的左手腕，一瞬间从他的眼前消失得无影无踪。

对方怔了一下，随即笑了。

星女在水下的法力原本是维持不了多长时间的，隐身还不到一个时辰，就现了本身。她生怕那人会循着自己身上的气味找到自己，就躲在了杂乱的水草丛中，两天后才敢出来，本来想着找到回去的路，但凡是临近水面或是陆地的地方都有重兵把守。而且令人奇怪的是，那男子似乎并没有继续找寻自己的想法。

过了好久，星女看到远处有一堆亮闪闪的东西，她走上前去一看，原来是一个居住着很多人的村落。那些房屋有的是用贝壳搭

建的，有的是用水草编织的，有的坐落在海树上，有的坐落在沙地中，高高低低，鳞次栉比；每家每户前还都竖立着一根高高的灯杆，灯杆上挂着漂亮的水灯，里面豢养着形态、大小不一的发光水母，十分漂亮。往远处看，有一座树形的宫殿，它坐落在一棵巨大的海树上面，如同一顶王冠一般闪动着耀眼的光芒，几头巨大的抹香鲸在它周围游走，像是在巡逻一般，静静地守卫着它们的城堡。

  星女此时又累又饿，她早就顾不得欣赏眼前的美景了，急急忙忙向那些村落奔去，想找一些食物来填补自己的肚子。可奇怪的是，看似繁华的街道上一个人都没有，店铺的门都是紧闭着的，除了守卫在树宫前面的那几头抹香鲸，仿佛周围并没有什么活物。星女感觉周围的温度越来越低，身上单薄的衣物根本阻挡不了海水的冰冷刺骨，她抱着胳膊，踉踉跄跄地游走在街上，突然看到一所房子后面堆着许多被遗弃的海藻，便走了过去，身子一缩，躺了下来。

  这里没有白天与夜晚，只能依稀从四周海水的颜色来判断陆地的时间——深蓝色为白天，墨蓝色为黑夜。当星女睡眼蒙眬地掀开身上的海藻，从街角醒来时，四周仍旧是一片墨蓝，街上没有什么行人，高高的路灯里，水母正在打着瞌睡。

  星女伸了个懒腰，打了个哈欠，转身又沉沉地睡了过去。

  她不知道的是，这里最寒冷的季节即将来临。

  在最寒冷的季节来临之前，家家户户都得加紧囤够半个月的口粮，无论是新鲜的海藻还是肥美的蚌肉，因为这些食物会给予人们足够的能量，让他们顺利熬过这一段时间。

  星女再次醒来时，已经冻得有些迷迷糊糊了，她挣扎着站起来，双手抱着胳膊，晃晃悠悠地路过那些错落分布在水草中的精致的小屋，橘色的灯光洒向屋子面前贝壳铺的雪白的路，远远看去，就像阳光在白皑皑的雪地上打滚儿。

星女靠着一间屋子，坐在窗户下边，听到屋子里面的欢声笑语，挣扎着站起来。她看到屋子内的小女孩正站在镜子面前试穿一件崭新的珊瑚裙，一条胖胖的彩色热带鱼游了过来，亲昵地冲她摇着尾巴；女主人微笑着正往热气腾腾的锅里加了一些绿色植物，那植物瞬间淹没在了咕嘟咕嘟的热汤中；男主人仔细地把水母放在水晶罩里，转身拍了拍手，两边的水草听话地弯下来，形成了一张牢固的餐桌。

星女一脸艳羡地看着这一切，不由得咽了咽口水。

可一转眼，却看到一个小男孩正一脸震惊地望着自己，见星女看了过来，站在原地开始大哭起来。

女主人循声而来，看见了正躲在窗户后面，脸上脏兮兮、头发乱蓬蓬的星女。

大家不免有点儿震惊，都呆在原地，动也不动。

星女有点儿尴尬，等女主人把门打开时，她已经一溜烟跑开了。

"父亲，那个人是个乞丐吗？她好像很饿的样子。"

男主人抱起满脸疑惑的小女孩，笑着说道："那你记得下次再见到她时不要害怕，问问她需不需要食物就好。"

寒季来临，所有的店铺都关了门，整个世界安静得仿佛沉沉睡去一般。星女摸了摸自己咕咕叫的肚子，闻着从紧闭的房门内飘出的香气，突然想起自己以前在星宫和两个姐姐半夜起来吃枇杷的场景，虽然她们比较节俭，却永远都是把最好的东西留给自己。想到这里，咸咸的眼泪瞬间流了下来，顺着海水漂向远方。她抱紧了胳膊，尽量让自己暖和一些，但是于事无补。后来，星女看到前面有一个矮墩墩的桶，便直接游了过去，想着藏在里面取暖，又觉得有些硬，于是把周围一些零星的被人扔弃的海藻拾起来，铺在了桶里面，然后饿着肚子钻进去，沉沉地睡着了。

寒冷的季节终于过去。这天，玄族的人们全部打开家门，如海水般涌上了街道，他们互相打着招呼，给他们许久未曾见面的亲人和朋友送去了各种礼品和食物。一位老妇人听到街上人们道贺的声音，也缓慢地打开了自家的窗户，她无儿无女，也没有亲戚朋友，一个人静静地坐在窗边，目光温柔地看着街上那些欢愉的人们，嘴角露出了欣慰的笑容。看了一会儿热闹后，老妇人站起身，下楼，打开店铺的门，打算把门口的那个桶搬进屋内。

谁承想那个桶竟然出奇的重，老妇人试了试，没有搬起来，对面的老大爷见她搬得费劲，撸起袖子想要帮忙，但是铆足了劲儿也没有搬动。老妇人满脸好奇地打开桶盖一看，只见里面蜷缩地睡着一个模样十七八岁的姑娘，覆盖在她身上的一层冰霜仿佛蚕丝一般，长长的睫毛上也结满了霜，老妇人吓了一跳，急忙找人过来帮忙，把这个陌生的姑娘进了屋里。

老妇人找来很多海藻和日光鱼放在星女的身边，不一会儿，她身上的霜就褪了下去。见星女还是没有醒来，老妇人又用海参熬了一大锅黏稠的汤给她灌了下去。星女全部喝了后依旧没有醒来，但是面色明显有了好转。

不知道过了多久，星女才缓缓地睁开了双眼，见自己躺在铺了好几层的海藻上面，身上还盖着彩色的绒毯，日光鱼睁着眼睛静静地围绕在她的身边——虽然睁着眼,却完全是一副睡熟的模样。透过深蓝色的海水,星女大致看清了房屋里的陈设,她刚想坐起来,突然发现了趴在床边的一位银发老婆婆。

"谢谢婆婆的救命之恩。"星女刚想站起来表达谢意,却不知被什么东西给硌了一下。

她拉开毯子,原来是一条胖乎乎的日光鱼,本来冰凉的被子因为它的存在突然间变得十分暖和。

"谢谢你啊,小家伙。"星女轻轻地摸了摸日光鱼。那日光鱼瞬间醒来,兴高采烈地围着她转了一圈。

鱼婆婆欣慰地看着这一幕,柔和的光线里浮现出温暖的笑容。

星女就这样留在了鱼婆婆的家里,并且有了新的名字——樱雪。很多人因为她的到来开始津津乐道,有说她生得忧郁美丽的,有说她大难不死的,还有很多人慕名来买鱼婆婆的鱼尾裙子,只是为了看一眼星女。

鱼婆婆的生意也因此变得越来越好,本来之前她设计的鱼尾裙子的质量就很好,现在加上星女这块活招牌——星女有时候还会亲自穿上鱼尾裙,在小店的周围游来游去——生意更是锦上添花。这样一来,玄族里面即使不是人鱼的玄族人也开始买各种各样的鱼尾裙了。鱼婆婆口袋里的收入越来越多,二楼上的铜镜换成了水晶镜,简陋的小木床换成了乳白色的贝壳床,餐桌上的食物也越来越丰盛;甚至玄族的公主也慕名而来,希望在鱼婆婆这里定做宴会时穿的裙子。

"吃完饭后就不要收拾碗筷了!"鱼婆婆迈着小脚,颤颤巍巍地走到琉璃梳妆台前,从一个小抽屉里取出了几颗品相上好的珍珠,"今天晚上有盛大的夜市,你去看看有没有你心仪的首饰和香料吧。"

"婆婆,这我不能收。"星女把那几颗珍珠放回到首饰盒里,却无意中瞥见了首饰盒子里大小不一的黑珍珠和白珍珠。

"难道我们赚了这么多钱了吗?"星女略微有些吃惊地问道。

鱼婆婆见状,扶着桌子颤颤巍巍地站起来,把那个琉璃首饰盒子抱在了怀里。

"只给你五个啊。"鱼婆婆说道。

星女无奈地笑了笑,不客气地把手上的那几颗珍珠装进了自己的怀里。

鱼婆婆的话刚落,远处便传来几声沉闷的鼓声,星女趴在窗户上面,远远地望见那些紧闭的店铺突然间纷纷点起了橘黄色的、浅蓝色的或淡紫色的水母灯。而那座豪华的树屋突然间打开了城门,鲨鱼守卫们纷纷出动,开始巡逻。

"哇,怎么这么热闹啊!"

"当然了,这可是我们玄族的夜市啊,有时候遇到重大的节日,如果足够幸运的话,还能看见九位国色天香的公主呢。"

星女兴奋地到处转起来。她发现这里什么都有,有海面的空气,有中午的阳光,还有陆地上猫咪掉落的绒毛。星女用一颗白色的珍珠换了一罐凌晨的阳光,店家见她不会使用,便帮她打开瓶塞往她的身上喷了几滴,顿时一股沁人心脾的清凉的味道迎面扑来。星女细细地闻着,是青草的清香,过了一会儿味道又变成了一股暖暖的味道,她闭上双眼,清晨的阳光便透过冰冷的海水折射在裙摆上。

星女闻着香味,像喝醉酒一般兴奋地在人群之中打转转。

"来来来,快来看一看!"

星女循声而至，本以为是什么好东西，结果上前才发现是几头古兽的头。那古兽像是刚刚才被斩杀，丝丝鲜血从五官里流出，漂浮在海水里，一股淡淡的腥味儿传出来。

"什么价位？"突然人群里响起一个声音。

"只要五颗上好的黑夜明珠，您就可以拿走这里任意一颗兽颅。"

"我要了！"那人指着其中一颗长着蓝角的兽颅。

"好嘞！"卖家一脸谄媚地笑道。

身边的仆人转身抱起兽颅，人群中自然地让开了一条通道。星女愣愣地看着仆人怀中的兽颅，呆站在原地，结果和对方撞了个满怀。

那人抬起头来，星女愣了一下。

星女这才看清那人的面容，五官如刀刻一般俊美，高挺的鼻子下是一张笑意盈盈的薄唇。他的眼睛也是弯弯的，是一双颇有神韵的桃花眼。

"好好看的男子……"星女心里不禁这样想。

那人见了她，似乎也愣了一下。

星女略微觉得有一些害羞，转而扭头，向旁处走了过去。

"美女，快来买吧，这是……"

"雪儿，来帮忙！"后面响起了鱼婆婆熟悉的声音。

"好，马上！"星女一边应和着，一边游了回去。

第十九章　旧忆重现

自从回到小店之后，星女仿佛每日下半晌都能看见那个男子的身影——他总是端坐在隔壁的汤楼旁边偷偷地看自己，见自己有所察觉，目光瞬间就会转向其他地方。星女一开始不以为然，但是奈何他日日都来，最后她实在是忍不住，索性直接走上前去询问对方什么意思。对方支支吾吾半天没有回答，星女不禁感到烦闷，甚至连裁剪衣服都几次三番的裁错。但是一转头，发现他还是傻愣愣地盯着自己看。

"这里有一包泻药，你给他放在墨鱼汤里面。"星女轻轻地将小贝拉到一旁说。

"啊？这不好吧？这样他以后万一觉得我家的汤饮有问题可怎么办啊？"

星女把泻药放在小贝的手上，拍了拍她的手，安慰道："你觉得是有问题的汤可怕，还是人可怕？"

小贝犹犹豫豫地从后门走了进去，心里虽然一直在掂量着这件事情的对错，身体却十分诚实地将泻药放在了那人的墨鱼汤汁里面。

不一会儿，星女转身再看时，斜对面二楼上已经没有了人影，心里不禁暗暗窃喜。可还没过多久，就听见汤铺里面的小二突然间慌了神地大叫起来。原来那个痴傻的男子，在上过几次茅厕之后又坐了回去，可是坐着坐着突然感到身体不适，便站起身来还想去，谁承想突然腿一蹬、眼一翻地晕倒在地后，便有欲向海面漂去的趋势。

店小二预感不对，便急忙叫来了隔壁的药爷爷。药爷爷走过来，一把将那个男子固定在床上，仔细地给他号了脉后又翻了翻他的眼睛。药爷爷思量了片刻后，用长长的眉毛下面一双虽小却聚光的眼睛复杂地瞅着星女和小贝两个人。

"许是这汤里有大量的泻药。"

见药爷爷这么说，星女和贝儿略有些难堪地低下了头。

"不过并无大碍，只需要水滴鱼的粉末就可以治愈。"药爷爷话锋一转。

"我可以去找水滴鱼！"星女突然大声喊道，众人回过头看她。

"水滴鱼不稀缺，不过它需要抽取身体内的水分后，在日照较好的天气下晒个七七四十九天，但那时候恐怕这个孩子也早就漂向海面，喂养大鱼大虾了。"

"那怎么办啊？"

星女低下头，眼泪几乎都要流出来了——她只是吩咐贝儿去下泻药，但是没想到她却是个实在孩子，足足把那一包的剂量都放了进去。不过这也怨不得旁人的，只能怪自己。

"你们俩道个歉，我就回去取药。"药爷见她们俩一副局促不安的样子，略微有些心软地说道。

鲍老板这天早早地回来了。他每日都要出去采集各种滋补的鱼类，然后用自己秘制的佐料制成上好的小吃售卖给路过的人，从而养活自己和女儿。鲍老板走进店内，一边从背篓中中拿出蓝色的水母灯，换下已经奄奄一息并不明亮的旧灯，一边向楼上走去。他推开层层人群，才看到床上躺着一个模样十七八万年的小伙子，只见他脸色苍白，双唇紧闭一副没有什么生机的模样。

靠近一看，依稀感觉有些熟悉，突然大惊，想起那日原是这个小伙从海怪的手上救下了他。

"他怎么了？"鲍老板不禁问道。

他见自己的女儿羞愧地低下了头，把事情的起始和经过细细地向他讲了一遍，不由得大怒，扬起手就要扇贝儿的脸，星女一个箭步走上前去。

"打我吧，鲍叔。"

一堆人正这样争吵着，这时，那个男孩扶着床慢慢地坐了起来。鲍叔赶忙走上前去，一把握住他的手，一脸内疚地说道："恩公，原是小女错怪了你。"

"鲍叔，不必内疚，没有大碍的。"那个男子虚弱地说道。

星女一脸窘迫，那男孩看见她，笑了笑，说："我只是觉得姑娘面熟，不想却惊扰了姑娘。"

"没、没事。"星女尴尬地挠了挠后脑勺。

我们常常抱怨命运的不公，认为它让本不该相见的人相见，却忘了有时候连命运不公这句话都被安排在命运里。

自打知道他是鲍叔的救命恩人之后，三个人便开始逐渐地熟络了起来。他家住在西海,他带来的很多食物是东海这边没有见过的,有时候还会带一些稀奇古怪的东西给她们看,甚至还送给星女和贝儿好多颜色上乘的黑珍珠。她们一开始都以为他虽然穿着破烂,但是一定出自西海的名门望族,只不过平时锦衣玉食惯了所以想来体验一下生活而已。但是当她们两个不远万里地到了他的"皇宫"时,不由得傻了眼,只见面前分明就是一个拿水草搭建起的一间很潦草的房屋,那屋子周围空荡荡的,前不着村后不着店。星女向四周看了看,这里也只有他们一户人家。

"你们是析儿的朋友吧?进来吧。"一个老爷爷笑着站在门口说道。

星女和贝儿四目相对,推开庭院小栅栏的门,游了进去。

星女坐在小凳子上,一边吃着老爷爷端上来的零嘴,一边打量着四周,除了一些必需的生活用品,这里再没有什么其他的装饰性家具,只有一隅上面挂着一些奇奇怪怪的工具。星女走上前去,有些好奇地摆弄着它们。

老爷爷又端上来一些腌制的小虾米,笑嘻嘻地对星女说道:"那些都是析儿从外边捡回来后打磨的工具,用来捕鱼和打海怪的,你个姑娘家的怕是拎不起,小心伤着你啊。"

星女略微有些不服气地撇了撇嘴。

刚想坐下,只听外边有人高喊:"爷爷,我回来了!"

楚析一边说着,一边放下叉子走了进来。见星女和贝儿来了,尴尬地挠了挠头,笑道:"家里没有什么好吃的,等我去捕些鱼回来。"

"等一下,我和你一起走。"星女叫住了楚析。

三个人便一起走出了房屋。

这里的海水的颜色仿佛蓝得更加彻底，不如东海那边清浅且白昼分明，不过倒也平添了几丝神秘莫测的韵味。栅栏内是楚析种的太阳花，在幽蓝的海水里面，就像一盏盏明媚的灯。

星女和贝儿跟在楚析的身后，听他讲那些他在捕鱼时遇到的千奇百怪的事情。贝儿满眼都是崇拜地看着楚析，四周的鱼儿很安静，仿佛沉睡在蓝色的梦里。越往西游，海水的颜色变得越蓝，四周静悄悄的，没有任何的声音，甚至连鱼儿都少见了，偶尔可以听到座山鲸空灵的叫声在水中回响。

"这是哪儿？"

星女突然停下，远处依稀可以看到一些零零散散的石碑。

三个人游过去看，楚析拿起手中的鱼叉走上前去，只见那些无字的石碑逐渐变得越来越多，越来越密集。贝儿不太敢往前走了，想让楚析陪她留在原地，楚析见星女并没有停下的意思，嘱咐贝儿留在原地等着，自己则陪着星女继续往前走。

那些无字的石碑卧在深蓝色的大海中，仿佛在述说着什么秘密一般，星女一座座地观看着，希望能得到一些特殊的信息，然而什么都没有得到。

再往里走，只见一顶鲜红的轿子稳稳地停在那些石碑之中，星女瞪大眼睛看着那顶红轿子，眼泪夺眶而出。

"这里原是没什么人知道的。"楚析见星女的样子也猜得八九不离十了，她是玄族外来的姑娘，八成是被陆地上的难民送来贡献给他们将军的。

"我那日只见是一个男子，衣着华贵，却未曾见过他的眉眼。"星女默默地说道。

楚析见此，也不愿意多说了，只是望着星女。

"如果我没有逃出来，恐怕这无字墓碑之下也会有我的位置吧。"

楚析看着她的侧脸，平静而忧伤。

贝儿见前面没有什么危险后便也跟了过来，见星女一脸静默地看着面前那顶破旧的红轿子，好奇地问是什么，楚析示意她别多嘴。三个人慢慢悠悠地游出了那片墓地，但是贝儿却再也不愿前行，无奈之下星女只好先让她自己回去。

楚析带着星女继续向西走去，海水逐渐又变得开阔了起来。星女能明显感受到身边海水温度的变化，柔和而温暖，海沙也逐渐变成了漂亮的白色。她看到很多热带鱼成群结队地从她的身边游过去，有的还很调皮地蹭蹭她的脚丫，她忍不住发出笑声。

楚析拉了拉她的衣袖，示意她向上游去。这时，星女看到巨大的大堡礁像一座座被遗弃的宫殿一般伫立在那里，她游过它们坐上屋顶。她看见巨大的透明的水母如同轻纱一般笼罩在她的周围，伸手去触碰，那水母仿佛受到了惊吓一般，一激灵，收起了巨大的身躯，假装没有被发现一般从星女的身边游过，星女不禁被它逗笑了。楚析拉着她的手继续向海面游去，这是玄族禁忌的，除了非常重大的事情，玄族人一般是不愿意游到海平面的，他们觉得不吉利，那里是死亡的玄族人的归属，而活着的玄族人就必须要待在深海里面。

星女逐渐感觉四周轻飘飘的，甚至不用游就可以随着海水向海面浮去，阳光透过玻璃般的海水洒在她的头发上，她从未感觉如此温暖。透过熟悉的蓝色，她能看到远处海洋外面陆地上的绿色的大片的丛林，如梦一般轻飘，她终于游出了水面，转身看向一望无际的大海，正午的阳光照在一望无垠的蓝色海面上。原来太阳离海面这么远啊，以前在九重天的时候她不知道海是什么——她被迷晕祭用以奠玄族将军是一个夜晚——阳光照在她的脸上，她很舒服地抬起手，眯起眼睛。

星女一转身，楚析不见了。白色的沙滩上面是一片绿色的海洋，楚析从椰子树上爬下来，递给她一个新鲜的椰子。

"欢迎来到我的秘密花园。"

"这是哪里啊？"星女问道。

"这是以前岐族的领地，后来被龙族打败后就灭族了，不过玄族人一般是不轻易上岸的，所以这里就逐渐荒废了。"

星女靠着背后的礁石，一边喝着椰汁，一边欣赏着周围的风景，彩色的热带鱼时不时在她周围跃起，偶尔有蓝鲸唱着歌飞跃海面。她起身走出水面，和楚析一起向深林走去。她身上淡黄色的珊瑚衣瞬间变成了薄纱，一阵暖风吹过，如同海水一般扶起了她的裙摆。

他们采集了很多野果，还有新鲜的椰子。楚析把它们全放在背篓里面，星女更是见什么拿什么，恨不得把整个岛都搬回去。等两个人觉得东西装得差不多了，一抬头，月亮已经挂在了树梢上。夜空中的繁星倒映在平静的海水中，星女坐在岸边欣赏着这一切。

"楚析，我以后可能和你们见面的机会就少了，我想进宫。"星女突然说道。

楚析正在弯腰捡柴，打算点火烤一些新鲜的鱼吃，听到星女突然间说了这么一句话，怔了一下，呆呆地站在原地。

"楚析，谢谢你。"星女笑道，眼睛里面亮晶晶的，不知是不是星海的缘故。

像是说给他听，也像是在说给自己听。

星女说完，楚析看她纵身一跃，像一道银色的光线游走在星海之中。楚析脚下的火堆灭了，天空之中暗雷滚动，顷刻之间就下起了大雨。

他还记得他第一次见她的样子。那一年应该是神族大公主的封神之日，他看着那些从七界各族敬奉上来的宝物，不免好奇，东摸摸西看看。那些好看又好闻的美味佳肴着实让他流连忘返，他看见餐盘上有一个用晶糖做成的透明小象，不由得伸手去摸，不小心碰倒了旁边的琉璃盏。那琉璃盏掉落在地，瞬间摔成了几瓣。

"这是谁弄的？"掌管司仪的神仆气急败坏地走了过来，四下询问。

他躲在长长的桌子下面瑟瑟发抖，不敢出来。

"是我不小心摔坏的。"一个稚嫩的声音突然响起。

"殿下。"神仆施礼说道。

"原是一个不值钱的盛酒器皿罢了，你又何必大声喧嚷，让所有人都不开心？"那个女童说道。

"殿下……"

神仆还想再说什么，女童却摆了摆手，示意她退下。

等那神仆走后，她冲躲在餐桌下面的他说道："出来吧，她走了。"

他一点儿点儿地、小心翼翼地往外挪动，那女童略微有些不耐烦了，索性伸出一只手，把他拽了出来。

"谢谢你啊，仙童。"他羞红了脸，小声地说道。

"谢什么谢呀，我有名字的，我叫星女。"

她冲他笑着摆了摆手，然后消失在了人群之中。

其实他们之间的出身一直都有差距吧？一个琉璃盏可能会毁了

他，可对于她来说那不过是一句简单的话而已。

但是有时候他也会想：如果当时没有被灭族，如果他还是容族的太子的话，也许就能够和她比肩站在一起了吧？

星女化成一道银色的光，在深蓝色的海水里游动，眼泪顿时涌了出来。星女突然想起当年进入神校之前她和卫白、书瑶三个人打算去鬼林探险的时候，却意外发现长姐青梦和卫源牵手在一起的画面，可她最后却还是选择了神王。从那之后，她就很讨厌长姐，她觉得她是因为太过虚荣才选择了安逸的生活，背叛了卫源哥哥；可是她错了——她一直都被两个姐姐保护得很好，以至于她从来都不知道白色象牙塔外早已战火纷飞、神灵涂炭，就像是生活在被施了魔咒的结界一般，而那些清醒的人总是一脸不可思议地看着她做盛世太平的美梦。

他们这些人生下来就高人一等，生下来就要互相残杀。

温暖的泪水在冰凉的海水里被稀释开来，金色的太阳鱼仿佛被这片刻的温暖吸引了，争先恐后地围在她的身边，尝到咸咸的眼泪后，都呆呆地愣在原地，望着星女远去的背影……

第二十章　偶入玄宫

　　鱼婆婆是一位十分心灵手巧的女人。她开着一间美丽的鱼尾铺子，能用海鞘和圣诞树虫制作日光裙子，还会用气泡珊瑚为即将出嫁的三公主做千里红装，那些看似平淡无奇的衣衫，只要被她的双手随便按压几条折痕，便瞬间像吹入了仙气一般，散发出优雅的光芒。

　　不过最让星女好奇的不是她的这些了不起的手艺，而是民间流传着只要鱼婆婆一哭，海树上面就长出成千上万的冰蝴蝶，而这些蝴蝶入味草药具有枯颜回春之效。不过这些事情也只是她偶然听别人说起过。

　　日子就这样一天天地平淡划过，就像面前游过的几只漂亮的小金鱼一般消失在了海水的另一边。星女坐在树枝上面的阁楼里，有些无聊地编织着手中的水草。对面的药铺早早地就开了店门，星女不知道那些是什么药粉，只觉得没有什么差别，都是珍珠粉末罢了，只是细看的话颜色有些许不同，有淡粉色的，有黑色的，还有

纯白色的。

"樱雪,吃饭了!"

星女听到楼下鱼婆婆在叫自己的名字,走下楼。鱼婆婆已经把新鲜的海藻糕端了上来。

"快吃!吃完了,我们有一个大单子。"

星女低下头草草地吃完饭,拿了几张衣服小样,便和鱼婆婆急急忙忙地向宫殿走去。

进了宫殿,星女站在殿外,看着远处威严的蟹兵蟹将们腆着肚子缓缓地走来走去,几位漂亮的宫娥叽叽喳喳地端着几盘上好的佳肴从她身边走过,她只用小拇指轻轻地一施法,那盘中肥美的蚌肉便到了自己的手中。

"婆婆,王后试衣效果如何?"星女见婆婆一脸严肃地从内殿走出来,不由得低声问询道。

婆婆无奈地摇了摇头,拉着她走出了殿外。

"王后的衣服着实难做,她的衣橱里面华美的衣服应有尽有,各种风格也都尝试过,淡雅的、高贵的、朴素的……我实在是没有什么新创意可以让她眼前一亮了。"

婆婆向前蹒跚地走着,转头看见星女站在原地,像是在沉思着什么,便安慰道:"走吧,我若实在交不出什么货品,我想她也是奈何不了我的,后宫中有那么多人,其他的妃子也会给我些许情面的。"

等游回店铺的时候,门口已经排满了很多玄族的人,隔壁药铺的人为大家点亮了门前的水母灯。

"谢谢你啊,爷爷。"星女向药铺的爷爷打了一声招呼。

那老爷爷挥了挥手,示意不用客气。

等预定或者来取衣服的客人走了一大半的时候，星女突然对鱼婆婆说："婆婆，王后娘娘的衣服不如就交由我来负责吧。"

鱼婆婆上下打量了她一眼，心下正想着真是初生牛犊不怕虎时，星女又突然说道："我了解王后，她是玄族的第三位王后，是当今太子殿下的生母，出身人鱼族，从小美艳异常，只可惜再美丽的容貌都抵挡不住岁月的侵蚀，于是她命令她的亲信寻遍七界，只为了获得永驻容颜的灵丹妙药。"

"这些我也知道。"

"鱼婆婆，您是知道，但是您不知道的是这些看似重要的东西，其实对她来说是一文不值的。"星女继续说道，"她有一个孩子，叫离澈，也就是当今的太子殿下，虽然生得好看健硕，却是个中看不中用的花瓶，当今圣上并不喜欢这个嫡子。"

"这个我倒是从未听说过，不过这些与她的衣服又有什么关系？"

"衣服其实有时候关键不在好不好看，重要的是能不能击倒对方心里的那道防线。衣服也不在是否能取悦他人，有时候打动了穿衣服的本人，也就够了。"

鱼婆婆放下手中的鱼骨针线。昏黄的水母灯下，她看着眼前这个应该仅有几万年的孩童，不由得发出感叹：这孩子就像是经历了很多的事情一般。

鱼婆婆放心地把这项任务交给了星女，也特许星女可以暂时放下手中的零星散活，好专心致志地去研究王后的新衣。

不过，星女貌似只是在鱼婆婆面前装装样子，等她离开后，就表现出一副闲散自由的模样，不是去隔壁茶馆喝杯茶，就是去对面药铺的老爷爷那里听人生经历。每当鱼婆婆问起她做衣服的进度的时候，她就故作神秘地说："天机不可泄露，到时候我会给你一个大惊喜的。"

果然，真的是大惊，不过没有喜，而是惊吓。鱼婆做梦都没有想到的是，星女竟然用那些最廉价的边角料去给王后做了新的衣裳，有些破布甚至洗都没有洗。

衣服被拿到王后面前时，王后大怒，下令将鱼婆婆逐出宫殿，并罚星女跪在内殿门前，让仆人们日日赏她巴掌，还不得休息，去清扫宫殿的每一条街道。

因为这件事，玄族上上下下都知道星女的胆大包天了，不仅没有做出符合王后心意的衣裳，还百般地羞辱王后。这些事情被传得风言风语，最后甚至被改编的与原来的事实大相径庭，很多人都拿看到星女在长安街扫地这件事四下和熟人炫耀。最终，这件事情越传越离谱，越来越热闹，甚至闹到了玄王那里。

树宫之中，玄王端坐在正殿之上，十分生气，离潋坐在父王身边。

"父王大可不必为此事而生气……"

"哦？那依太子殿下来看，此事还是好事了？"底下的大臣阴阳怪气地问道。

"这件事情从表面来看，确实是有损玄族皇室的颜面，不过现在已经发展到人尽皆知的地步，有的甚至还将其神化，意味着大众心意所归。如果对她处罚得特别严重，反而会让人们觉得我们皇室小气；相反，如果我们让她做了树宫中的婢女，对外就说我们是因为赏识她的与众不同，旁人反而会觉得我们皇室拥有容人的雅量。"

玄王转了几下手中的夜明珠，沉思了片刻，点了点头，表示默许。

　　但王后仍旧咽不下这口气。离潋为了不让母后再感心烦，便将星女要了过来，归在了自己殿内。

　　离潋第一次见星女时只是觉得似曾相识，但究竟是怎样的相识，似曾的曾经又是哪位故人，离潋实在想不起来了。

第二十一章　旧人重识

神界亿万年才有的一次盛宴终于即将开始,七界上下无处不洋溢在喜庆的氛围里。听说几万亿年前,这场盛宴本来是为了庆祝星王成功镇压龙族造反一事而举办的,现在反倒龙族统领了神界,拥戴了新的神王,却依然按照旧俗来举办这次宴会,这看起来似乎未免有些讽刺。

不过七界的臣民们却丝毫没有受到改朝换代的影响,仍旧喜气洋洋地为自己家族最美的女子梳洗打扮。要知道,这次宴会龙王下了命令,但凡七界里面稍微有点儿名望的家族都被邀请来参加这次盛宴,自打龙族取代星族、仙族掌管神界,这算是他们族内的第一件喜事。龙族就是想借着这次宴会,为龙王三太子谋取一位品相上佳的绝世女子。

圣昭一出,那些神仆仙婢们哪里还顾得上亡朝之恨呢,纷纷从五湖四海寻求能使容颜大放异彩的灵丹妙药。那些名门望族家的公主们,更是紧急命令自己的能工巧匠们为她们彻夜缝制参加盛宴时的服装。那些华美服饰所使用的材料也真是千奇百怪，有的用秋叶，有的用雾凇，还有的拿松鼠尾巴上最柔软的绒毛……总之为了博取龙族三太子的注意，真可以说是无所不用其极。

星女趴在树宫的窗口，远远地看着来来往往嬉闹的人群，连夜市仿佛也因为那些描眉画鬓的妙龄女子们而变得更加热闹非凡。

"姐姐也想去吗？"

悦儿端着一个装满水果的盘子轻飘飘地游了过来。星女回头一看是悦儿，上下打量了她一下：这丫头不知什么时候换了一条鱼皮尾巴，之前那条淡蓝色的尾巴被换成了很温柔的水粉色，耳边还多了一副奶白色的淡水珍珠耳饰，与水粉色的鱼皮尾裙配起来，显得整个人都分外娇美了。

"你想去的话可以和哥哥说一声，你是他的近身侍女，他应该不会误你终身的。"悦儿继续说道。

"算了吧，你是公主，当然可以去了，我这种小丫鬟还是老老实实地待着吧。"

悦儿将手中的那盘水果递到星女的面前，两个人一起靠着窗户一边吃，一边看着窗外的景色。

"你要是真想去，我有办法。"

悦儿悄悄地凑在星女的耳边说了几句话，两个人突然间就哈哈大笑起来。

宴会这一天终于来临。星女看着玄族上上下下都在张罗着车马，周围一片喜气洋洋。

"一会儿你就坐在我的轿撵之中，应该是没什么事儿的。"

星女点了点头，但还是在玄界去往神界的出口处被抓住了。悦儿只好一脸无奈地和星女分别，自己一个人独自前往了。

不过，这些侍卫可不是星女的对手，她仅仅换了个装，便把那些傻乎乎的鲶鱼侍卫们给哄了个团团转。

出了树宫，也正好赶在结界关闭之前进入了神界。

星女深深地呼了一口长气，定了定神，这才开始打量起四周。

三重天是神界的第一道结界，这里常年黑暗，寒冷异常，地面如同黑色的琥珀一般光滑。那些神卫们高高在上地守卫在两侧，见星女鬼鬼祟祟的样子便走上前去盘查起来。

"这位仙子，您的礼服呢？"

"啊？"

"您的礼服？"

"噢，我不是来赴宴的，是玄族公主离开时由于匆忙忘记带香囊了，特意让我送来。"

星女一边说着，一边拿出了玄族婢女所用的香囊。

那神卫上下打量了她一眼，放行了。

星女不敢再怠慢，急忙跟在了一拨神女的后边。一群人向九重天飞去。

上了九重天的第一反应就是阳光炽烈得让人睁不开眼，适应了好一会儿，星女才看清矗立在巍峨山上面的宫殿，门匾上赫然两个大字：神殿。

应该就是这儿了。

神女仙子们纷纷略施仙法飞上了巍峨山，星女本想紧随其后，可是转眼又看到自己破破烂烂的衣服，突然之间犹豫起来。看着神殿门前停满的轿撵和坐骑，她不禁在心里犯起了嘀咕："这些公主们都是有备而来，必然不会只带一副装扮，待大家三旬酒后，暮色上梢，我再偷偷溜进她们的轿撵里面偷一身衣服。"

心下这样说着，眼睛却被这天上的景象给吸引住了，看时间还早，星女决定四下溜达一圈。

话说这神殿周围其实也没什么稀奇之物，只是一望无际的云海，还有几棵若隐若现的古树而已，几只乌鸦落在古树上边，正百无聊赖地清理着落在羽毛上的云。

上了桥，摘了几朵荷花，星女一直向南边走去，时间仿佛也因为她的行程而变得越来越快，周围的景色也变得越来越绮丽。当夕阳最后一丝微光洒在她的身上时，她才发现夜晚就要来了，正打算回去时，一抬头，看见了一处破败的云墙，星女将门匾上的浮云擦去，借着香囊发出的微弱的光，她看到匾上赫然两个大字：星宫。

星女推开嘎吱作响的云门，慢慢地朝里面走去，香囊那点儿微弱的光瞬间被四周巨大的黑色所淹没，她只能依稀辨得脚下的路。

周围一片寂静，静得她只能听到自己的呼吸声，本想扭头往回走，却发现根本找不到来时的路。正在绝望之时，隐约中又闻到一股淡淡的幽香，这香味夹杂在冰冷的空气里，轻点着她的鼻尖。

脚步不由自主地循着香味而去，不知道走了多久，突然间看到远处有一片柔和的亮光，星女走上前去，不禁被眼前的美景惊呆了：一片幽静的桃花林上被成千上万的萤火虫点缀着，不，不是萤火虫，是星星，那些星子静静地落在花瓣上，就像在做着遥远的梦。

她走得很轻，脚步声却还是荡漾在如此寂寥的夜晚的上空。偶尔一两颗星子飞起来，落在她的裙摆上面，仿佛嗅到了她的味道一般，突然兴奋起来，成千上万的星灵也朝她飞过来，围绕在她的身边，转而又飞向空中，点亮了整个星空。

星女这才依稀辨得周围的景色。她看到不远处的云端上面有一座残败的透明宫殿，走上前去，轻叩门扉，里面是一处华美的浴池，正冒着汩汩的暖泉，看四下无人，她便脱下衣服，泡了进去。那些星子们见状，纷纷羞红了脸，转过了身。

泡完澡后，星女站起身来，四周的云朵向她涌了过来，围绕在她身边织成了一件湖水蓝的长裙。众星见状，也向她飞来，有的镶嵌在她的裙摆上，有的停留在她的长发上，不一会儿，一件无比华美的、梦幻的星空裙就形成了。

再次回到巍峨山下，已经是九重天的夜宴了，星女稍稍掐指一算，自己这一趟来回竟然走了十万年。

进入神殿，晚宴正好开始，大家正兴致高昂。那些公主们喝了神界酿的酒后，多少都呈现出微醺之态，她们一改往常端庄娇羞的姿态，争先恐后地围在月老身边让他给自己算姻缘。月老也喝得醉醺醺的，正乐呵呵地一一解答着。

星女懵懵懂懂地走到人群中间，众公主看见星女的裙子如此华丽不俗，都以为是神界哪位不知名的嫡公主，不由得纷纷退后。

这时，一个胆子大的小仙子突然走上前来。

"你的裙子可真好看！"她低声赞叹道。

星女突然听到有人和自己说话，立马回过了神。

"噢，是吗？谢谢你。"

"你是哪一族的公主啊？"

周围人见星女没有什么架子，纷纷围了上来，开始争先恐后地问道。

月老眼神迷离，两个脸蛋红扑扑的，也跟着人们走上前来。

"要不要算一算姻缘？"

星女一边拿着碧桃酒，一边将手伸了出去，众仙子围绕在他们身边。

"你这情路有些坎坷啊……"

月老有点儿看不清星女的手相，皱着眉头摇摇晃晃地说道。

众人正畅谈甚欢之时，大殿的门突然间被推开，神界的晚风温和地拂过众人，撩起了星女耳畔的碎发。

众人纷纷向殿门口看去，只见一位穿着青紫色朝服的男子走了进来，他的模样甚是好看，五官没有那么凌厉，倒是多了几丝温润如玉的感觉。

众人纷纷转身行礼。

星女怔怔地呆在原地，看向他，他也抬头看到了星女。

星女目光有些闪躲，继而转头看向别处，隔了几秒之后又转过头来，见那穿青紫色朝服的男子还在看自己，便冲他浅浅地笑了笑。

那个男子刚想走来，身边一个年长的人一脸严肃地在他耳边说了些什么，他点了点头后就随着那位长者去了偏殿。

星女突然感觉手臂上一阵阵的温热袭来，拉开裙袖，只见星灵正一闪一闪地发着光。她赶紧拉下袖口，遮住了星灵。

殿内的人越来越多，星女走到二楼，只见一群人正在围着楼梯不知道在干什么，走进去才知道大家正在玩套圈的游戏，就是不使用灵力，用竹子套住那些东西，套住什么就可以得到什么。其中龙太后身边的一个人为了让大家能拔得一个好彩头，特意在中间放了两只漂亮的金麒麟，见太后的内侍都拿出了最宝贵的东西，众人也都来了兴致，纷纷涌向栏杆旁边，争先恐后地赋予钱财要试一试。

星女见众人都这么积极，便也挤在了人群之中。她拿出了三颗品相上好的黑珍珠递在了那个人的面前。

那人上下打量了她一眼，没有说话，只是心里感到好奇：玄族的人竟然穿着星族如此华美的云裙，但是也没有想太多，随手给了星女十个竹圈。星女见前面好多人都悻悻而归，自知道其中有些猫腻，便偷偷地观察。果不其然，那个内侍在偷偷地用法力故意干扰竹圈。星女暗笑：无非就是幻影术，想当初在神校时最简单的一门课程就是它了。

终于轮到星女了，星女默念了几句法术，那幻影术便凭空消失了。星女在套到第八个的时候，终于套住了。

星女激动不已，一把推开左右两边的人冲了进去，拿起了那对金麒麟。

那内侍见星女竟然躲开了幻影术，用的是玄族的钱制，却穿着神界的服饰，想到自己之前见过的玄族的几位公主，开始怀疑起星女的身份，大声地吼叫起来。

"你究竟是什么人，胆敢擅闯神界？你的邀请符呢？"

星女见状，觉得大事不好，急忙提起长长的裙摆跑下楼。那楼梯周围一开始还是昏暗的，星女一节节地跑下去，上面的烛灯便依次亮了起来。

后边的人追赶她，两边的人一头雾水地看着。

她提着长长的裙摆，飞奔在人群中，星子在她的裙摆上滑落，各色的礼服在她身边旋转，殿窗开着，那一刻，她仿佛嗅到了空中植物的香气。她奔跑着，绾好的长发散落下来。

不知道过了多久，耳边嘈杂的声音终于消失了，星女抬头，看到殿外的凤尾竹正开得鲜艳，月光如水般流淌在枝丫上，一阵风吹过，月光被凤尾竹剪了一地破碎。

殿内。

"怎么了？"

二皇子看弟弟的脸色有些变化，不禁担心地问道。

云峥这才回过神来，恍惚地说道："没什么，只是好像遇到了一位故人。"

第二十二章　入朝称相

离潋渐渐地发现自己当初的决定真的是极其正确，星女虽然只是一个小小的侍女，但是在某些方面包括神史等都十分有自己的见解。他让她当了自己掌上明珠的老师，辅佐她在神校没有学明白的课程。

离潋很宠爱他的女儿离白，有时候还会亲自教她读书识字。他这女儿也是十分的聪颖，只需要简单地提点几下便豁然开朗，她性格刚毅，做事果断，连星女也觉得她有时候颇有大将军的风范。

不知道怎的，离潋在帮助龙族一起灭掉岐族之后身体越来越大不如从前。因为膝下无子所以他格外器重自己的女儿，许是太过怕死的缘故，离潋甚至忌了肉食，每日只让星女为他端来一些新鲜的陆地上的水果和蔬菜。因为玄族人一直生活在海洋之中，他们死后，尸体会漂向海面，在阳光的照射下化成滋养海洋中各种鱼虾的食物。他们认为陆地上那些饱受阳光滋润的瓜果梨桃等具有大补的功效，能令人起死回生。

星女端着新鲜的果蔬走过贝壳做的屏风，来到后殿，只见离漖正两眼发红地坐在床上，星女下意识地往后退了几步，不小心撞倒了身后的珊瑚树。离漖这时瞬间清醒过来。

"水果就放在那里吧。"

"是。"

星女放下水果之后，便蹑手蹑脚地走了出去。

离漖的身体真的是一日不如一日了，最后都不来上朝了，索性全部让离白接手，自己则在寝殿里面开始专心练习长生之术。他的脾气变得也越来越暴躁，很多给他送瓜果的侍仆们往往因为一件小事触怒到他便有去无回了，最后只有星女过去时他的脾气还好一点儿。连离漖自己也说不上为什么会变成这样子，只是觉得对星女除了有一种敬畏之心，还有一种莫名其妙的愧疚之感。

离白见自己的父皇临近迟暮之年，不由得心生荒凉，索性便吩咐自己的师父星女每日去照顾自己父皇的饮食起居。因为除了星女，玄族内部很少有人愿意或者游出海面去摘取那些新鲜的果蔬。

由此，星女每日也就有了机会去楚析曾经带她去过的地方摘取水果，再带回来一口一口地喂离漖吃下。

海面上的天气真就像少女的脸一般，说变就变，星女刚从树上采完几个新鲜的椰子爬下来，天空便开始乌云密布，不一会儿，豆大的雨珠子便从深空中落下来，砸向她扬起的脸颊。

星女见状，赶紧将那几个椰子放在篮子中，害怕那些阳光的味道会被雨水的气息冲散。她快步跑到海边，将身上的斗笠脱下，像一条鱼一样快速跳进海水里面。与那些冰冷的雨水相比，海水竟然好像还有着一丝阳光的温度，星女像一条美人鱼一样，挎着自己的篮子躲开一棵棵巨大的珊瑚树，向海底游去。

把守的玄族士兵见是星女回来，打开了结界。

"樱雪姑娘，今日怎么这样早便回来了？"

"陆地上下雨了，我怕椰子失了热度便及早赶回来了。"

"殿下还是老样子吗？"

"还是老样子。"

"哎——"为首的那个带路的士兵叹了一口气，无奈地摇了摇头，"他是一位好君主。"

星女笑了笑，没有说话，转身向那士兵挥了挥手，便朝树宫的方向游去。陆地上的雨恐怕下得越来越大，因为此时的海水都变成了深蓝色，周围的温度越来越低，这让星女想起一开始她刚来玄族时的情景，不过与这次不同的是，玄族的民众并没有像迎接寒节时那样准备充足。面对突如其来的降温，无数条日光鱼从玄族的四面八方飞来，将玄族的村落和树宫围绕起来，寒意便渐渐地消散了。

星女走进厨房，将椰子倒入锅中，加入了一些甘甜的白色粉末，又向锅底塞了一把灯眼鱼，不一会儿，锅里便咕嘟咕嘟地冒起了热泡。

星女把那一锅浓郁的汤汁倒进用白色珍珠打磨成的碗中，端到寝殿前，敲了敲门。

"进来吧。"

离潋咳嗽了两声，星女推门而入，只见离潋的床边还坐着一个人，看打扮应该是一位前朝将军。

"奴婢退下了。"

星女正打算把碗放在旁边退下，离潋却突然叫住了她："等我喝完，你一并端下去吧，这个珍珠碗腥得厉害。"

星女便低着头，站在床边等候。

"楚析啊，我的时日怕是不多了，日后白儿就需要靠你扶持了，放眼这朝内外，我也只信得过你了。"

星女听见离潋叫楚析的名字，下意识地抬起了头，楚析也正好撞上了她的目光。

四目相对之时，两个人都明显愣了一下。

楚析身着一件华贵的袍子，一看就是用上好的金丝线缝制而成的，之前她跟鱼婆婆做衣服的时候也帮宫里人做过衣裳，看规格和质地，应该是将军或丞相级别的。此时的他皮肤白皙，不似自己之前看到的那般模样，而且五官棱角分明，眸子里闪着清冷而又温和的光。

"你们……认识？"离潋见眼前的两个人都怔怔地发着呆，不禁问道。

"臣……"

楚析刚想说什么，星女却急忙回答："奴婢一直在后宫之中，几乎不外出，所以并不认识什么人。"

楚析怔怔地看了星女一眼，转过头，目光暗沉下去。

星女见离潋喝完了椰子汁，便将珍珠碗端起来，行了个礼仪，匆匆离开了。

"你认识她？"离潋笑着又问了一遍，突然间咳嗽起来。

楚析赶紧把离潋扶起来，轻轻地帮他拍了拍后背。

离潋抬起手示意不用再拍了，然后指着楚析笑道："这么多年，我难道还会不明白你的心思？怕是还惦记着那个被灭族的公主呢吧？"

楚析笑了笑，没有说任何话。

"你也在这儿独善其身多年了，我都为你深感不值。虽然说我们存活的时间很长，但是总是要成家的，赶快找一个心上人陪你吧，也尝一尝儿孙膝下的快乐。"离潋继续说道，"你若是真的喜欢，我就将樱雪赐予你了。"

星女刚出了离潋的寝殿，便碰到了迎面走来的离白。

离白见星女冲自己走来，想到自己正好在法术上面有一个问题不明白，便走上前去请教了起来。

"师父，我正好有一个问题要请教你。"

"什么问题？"

"我在运用避水功的时候总是用力过猛，这是怎么回事呢？"

"我想你是将避水功与水琼功混为一谈了。水琼功需要在念完法术之后立刻施展，因为水琼功一般都是攻击他人；但是避水功需要在念完法术之后等待三秒左右。你可以按照我的方法来试一试。"

听完星女的解释，离白开始默念法术，周围立刻像地震一样，水急速地旋转肆意开来。

星女摇了摇头，说道："太快了，你等待五秒，再念。"

离白照做，这时周围的水缓慢地躲避开，露出了海底柔软而干爽的细沙，周围的海水都退去了，但是树宫内的珊瑚石仍旧保持着原样。路过的鱼儿还没反应过来就掉落在了干爽的沙子上，啪啪地用尾巴敲打着地面。

离白再默念法术，四周的水便又温柔地涌了过来，一切恢复原状。那些鱼儿愣了愣，摇了摇尾巴，游向了远方。

"谢谢师父，我已经领会了。对了，父王身体如何了？我正打算去看看他。"

"今日状态倒是好些了，你去看看吧。"

说完，星女拍了拍离白的肩膀，转身又进了厨房。她将昨日还剩下的新鲜的桃子放入锅中，又放了一尾灯眼鱼，待出锅之时又添了一些白粉。

　　星女看着那锅桃子羹不一会儿便变成了浓稠的状态，她端下锅来，将桃子羹装进珍珠碗，又给离潋端了过去。

　　离潋此时正在练功，见星女进来，喝了几口桃子羹，就把碗放在了床头。

　　"我近日胃口怕是不怎么好了，也喝不下许多了，你今后也不必再摘这么多了。"突然，离潋看着星女笑了起来，"你知不知道你长得好像我的一位故人，之前我一直就觉得你眼熟。"

　　"臣不知。"星女低着头答道。

　　这时，离潋突然大笑起来，星女见他那个样子很好笑，也跟着笑了起来。

　　"哎，你知不知道，那天你看见的那位将军楚析，别看他像个小伙子了，实际上和我年纪一般大，是个老头子了，要不是靠着吸食鲜血和容族的血统，他哪能活这么久？"

　　离潋笑得开始身体发抖了，把脸埋在了海藻被里面。

　　"现在想想，还不如去凡间做个人，可以轮回，可以忘记一切痛苦，总不像我们年岁一到就灰飞烟灭了。"

　　星女见他那副夸张的样子，不由得害怕起来，往后退了几步。

　　离潋笑着笑着就没声了，向后躺了下去。

　　"我第一眼看到你就觉得你很眼熟，今日才想起来你像谁。"

　　星女拿起离潋床头的那只珍珠碗，转身，打算离开。

　　离潋躺在床上，呆呆地透过床上的纱幔看着外面优哉游哉的小鱼，他仿佛看到了阳光从陆地上透过海面照了进来。

许久后，离潋淡淡地说道："星女，我原是对不起你们的。"

星女怔了怔，没有说任何话。她端着那碗凉羹走过长长的回廊，不知走了多久才回到厨房，将珍珠碗洗干净后，又继续坐在锅前熬制汤药。

不一会儿，屋外的侍女们突然开始大声地喧嚷起来，四处奔跑。

"玄王驾崩了！玄王驾崩了！"

星女静静地坐在那口汤锅前面。厨房里面很暗，灶台下面的灯眼鱼发出的微弱的光照在她的脸上，她又添了几尾灯眼鱼进去，那锅里很快便传来一阵噼里啪啦的声响。

星女突然想起他们几个同窗一起为书瑶抱不平的日子，眼泪大颗大颗地掉落下来，火光倒影在她的脸上，忽明忽暗。

"对不起不需要，我只要公平，对我公平而已。"

星女把身上剩下的半包白粉扔在了火堆之中，那白粉瞬间化成一道透明的液体，一会儿便消失不见了。

玄王驾崩后，离白在楚析和星女的帮助下登上了皇位，成为七界历史以来年纪最小的在位者。星女也成了玄族开朝以来第一位女丞相。

但是星女和楚析的决策风格完全相反，星女的想法偏向于保守，而楚析的建议则显得十分激进，因此两个人在朝堂之上往往由于意见相左而争得面红耳赤。离白因为年岁尚小，所以自己也往往做不了主，只得愣愣地看他们两个人在朝堂上唇枪舌剑地反驳对方。

"臣认为应该开放市场，而不应该有时间上的限制。"

"禀殿下，臣不这样认为。"星女说道，"万事万物都不可以走极端。如果我们开了市场且不分昼夜，这样大家就只顾着做买卖而不愿意去进行生产了，没有人去种海树、养海鱼，那么终有一天我们所有的物资都会被消耗殆尽……"

"丞相此言差矣，玄族的民众往往比我们更有智慧。如果卖完了东西，消耗完了物品，那么物以稀为贵，大家看见东西变贵了，又会去种植东西或饲养海鱼了，这些原本就不是我们应该操心的，我们能做的就给予他们最大的自由……"

"给他们自由是没错，但是所有的事情都需要讲求限度，将军难道不觉得你刚刚说的政策似曾相识吗？之前的岐族就是因为开放了市场，但是结果如何我们也都看到了……"

"岐族的失败并不代表我的提议就是错误的，岐族之所以被灭族，很大的原因是君臣不够一心……"

离白被吵得头都要裂了，但是碍于情面，且这两位重臣中一位是与父皇打下江山的护国大将军，一位是自己的老师，她实在是不能发火，只得惆怅地按了按快要炸裂的太阳穴。

"我看今日就先到这里吧，两位爱卿的建议待我回去都思量一下，等我定夺后再给你们回复。"

星女走出树宫，她不想回自己的府邸，便朝着一家墨鱼汁店走去。

这家墨鱼汁店是在她入宫之前和贝儿经常来的地方，因为这里的墨鱼汁不但价格很便宜，而且味道不错，十分解渴，有时候店主还会在生日时往里面放一些小的鱼子，一口喝下去别提有让人满足了。但是自打自己进宫当了丞相，贝儿也嫁人了之后，她们便不怎么再相约出来见面了。星女有时候去找她，她也经常背着孩子出来，孩子不习惯见生人，动不动就哭闹，所以俩人见面也只是在家里。星女觉得贝儿的人生都要被这个孩子占满了，但是贝儿似乎并不在意这些，还很享受，浑身上下散发着母爱的慈光。

星女向店小二要了一大杯墨鱼汁，选择了靠窗户的一个座位，呆呆地望着来来往往、彩色彩各异的飞鱼。

墨鱼汁店坐落在十字路口，她一目了然地看着外面鱼来鱼往，有些体型十分庞大的鱼会猛然间停住，荡起一阵阵白色的沙烟，从窗外涌进来；小店内水草编成的桌子也是油腻腻的，上面还有几滴没来得及擦干净的墨鱼汁。

突然，外面一阵高声惊呼传来，周围的人便纷纷站立在两旁。星女好奇地探出头望去，只见楚析的坐骑——一辆高大的白色海马迎面驶来。星女赶紧从大大的窗户外面缩回头，只见楚析的仆人将那辆双头海马的车子拴好，楚析拍了拍衣服，随后走进了墨鱼汁店。

"公子，老地方？"

店小二见对方进店，急忙迎了上去。星女正想着看样子应该是不知身份的老主顾了，楚析向自己走了过来。

"不用了，我和这位小姐坐在一起吧。"

店小二应了一声，不一会儿便给他们的桌子上端来了满满当当的食物，有珊瑚糖汁乌龟蛋，有红藻金枪鱼，还有扇贝汤。

见星女只点了一杯最便宜的墨鱼汁，楚析将自己的食物往她那边推了推。

"一起用吧。"

星女看着他点的那些琳琅满目的食物，不禁说道："我说在朝堂之上，为什么你一再地要求开放夜市的时长，现在看来，怕也是为了满足自己的一己之私吧？"

星女咕嘟咕嘟地喝完了杯中的墨鱼汁，起身打算离开，楚析却叫住了她。

"你没有乘轿子来吗？我载你回去吧。"

双头海马车本就是玄族中高贵有地位的人才有资格乘坐的，周围的人纷纷转过头，向他们投来艳羡的目光。

"我看没什么必要，丞相府邸离这里不远，我走回去就好，就不劳烦将军了。"

"你又何必与我生疏起来呢？我们之前没做将军、丞相不是很要好的朋友吗？"

"从前是从前，如今我们已经是不同道路的人了……"

楚析看着星女的背影消失在街道的拐角，此时玄族的夜晚即将来临，海水逐渐由淡淡的蓝色变成了深蓝色，四周亮起了水母灯。楚析笑了笑，心想这么多年过去，她的性格竟然还是没什么变化，转身便钻进了海马车，呼啸而去。

说实话，自打星女做了玄族的丞相之后，她没少得罪朝堂之上的大臣，她一个劲儿地鼓吹离白颁布法令，以便限制一些人的利益。离白虽然在心里也认可星女的一些观点，但是表面上也只能无奈地将星女的建议否决掉；而楚析却和星女完全相反，他的一些建议和政策往往都符合绝大部分人的利益，离白虽然内心多少有所不满，但是表面上还是会同意楚析的建议。

一些大臣对于星女往往是敢怒而不敢言，事实上，大家私下里早就看星女不顺眼了，总想找到她的一些把柄给她个下马威，但是奈何星女平日里行事极其小心且稳妥，所以人们很难找出陷害她的理由。时间一长，新仇旧恨加在一起，一些人便萌生了要除掉她的想法，朝中的贵臣们也都选择睁一只眼闭一只眼，因为他们心里清楚总会有一些蠢货愿意出头干这种杀头的事情——对他们而言，如果成功则是除掉了星女这一心头之祸；倘若没成功被发现，也与他们无关。楚析的眼线向来是很多的，而且又是老臣，他恐怕早就知道了这个消息，就等着他们那些人动手呢。

"将军，我们要不要救丞相？"将军府里面，侍仆小心翼翼地问道。

"不急，索性就让他们放手去干，这次我会让她欠我一个大人情。"

星女没有坐骑，每日下朝回来都是一个人步行走回府邸，而且中间会路过一片偏僻的海藻地，所以十分危险。

这天，那些对星女心怀不满的人早早便密谋好守候在那里，等星女路过的时候直接就用麻袋将她套住。

星女挣扎不过，但是她内心对这件事的发生也算清楚。几个人把她扔在一个黑漆漆的小水草房子里便走了，后来又进来了几个人，对她一顿猛打狠踢，好像十分记恨她的样子，她依稀听到外面的人问另一个人怎么办，另一个人却说上面没有给回复，然后就离开了。星女好几天都被困在那个小房子里，没吃没喝，就在快没有力气的时候，体内手臂上的星灵突然亮了，这时楚析带领着一群人走了进来，打开了麻袋……

星女晕倒在楚析的怀里，被送回了府邸。

那几个蠢材虽然绑架了星女，但是却留下了很多的蛛丝马迹，离白和楚析轻而易举地就把他们揪了出来。离白判处他们死刑外，还下令给星女的府邸增派了更多的侍从和奴仆来保护她的安全。

"上次我被绑架的事情，多亏了你，谢谢你啊。"

下朝之后，星女突然叫住了前面的楚析。

"那什么时候请我吃一顿饭啊？"

"啊？"

"啊什么，你不会就只是嘴上说一句谢谢吧？哎，没诚意。"

楚析无奈地摇了摇头。

星女不好意思地低头笑了笑，耳边的碎发荡漾在浅蓝色的海水中。

"那后日，鱼馆如何？"星女问道。

楚析怔了怔，随即反应过来，答道："啊，好。"

楚析望着星女的背影逐渐消失在人海中，嘴角荡漾开一丝温暖的笑容。

星女换了一件明黄色的衣服，柔顺的发丝被松松地绾起，再戴上一支玉石做的白色簪子，这是她曾经从星宫带来的，所以格外珍惜，只是心情好的时候才会拿出来戴一戴。

鱼馆是一艘巨型的废弃的船，听说是当时凡间还没有退出七界，他们在航海时遇到风暴而留下的。这艘船跌落在海里已经好几百亿年了，虽然很古老，但是经过玄族的人装扮一番便成了一座大型餐馆。这家在玄族数一数二的饭店，不仅因为它是由旧船改造而成，还因为它这里卖的都是七界各族中有名的吃食。

星女到鱼馆似乎有点儿早了，楚析还没有来。到了饭点，进来的人越来越多，星女无聊地趴在楼上向下看去，只见一楼一个有着淡紫色尾巴的美人鱼正在弹奏琵琶，周围的人正纷纷朝她扔贝壳和珍珠，那些颜色各异的珍珠和贝壳围绕在美人鱼的身边。

星女突然想起自己以前在星族的时候，经常坐在星宫的屋檐上，望着浩瀚的星空弹奏，于是一时手痒，便从二楼游了下去，轻轻地推开美人鱼周围的那些彩色贝壳。星女示意她可以离开后，把一条腿搭在另一条腿上，便开始熟络地弹奏起之前她在星宫经常弹奏的那首星谣。周围的人纷纷喝彩，并称赞她的容颜。许是许久不弹的缘故，就在弹到一半的时候她竟然忘了词，正觉尴尬之时，只见一个身着白衣的男子在她停顿之处，和着节奏，吹着玉箫向她走来。

星女见楚析走了过来，不由得站起身。

"这是星谣，我没想到你竟会……"

楚析笑了笑，没有说任何话。

从那之后，两个人的关系便没有之前那样针尖对麦芒了。百姓们纷纷将他们两个人的爱情故事传成了童谣和佳话，离白有时候也会在朝堂之上哼上两句，还故意打趣地问楚析什么时候来娶自己的老师。

星女依旧每日忙忙碌碌地辅佐自己的徒弟。这天，看完那些从各地送来的奏折时已经是后半夜了，她打了个哈欠，伸了个懒腰，抬起头看看窗外那棵巨大的海树。那棵海树好似每日都能得到海岸上面最早的一道光，因为她发现四周的海水由深蓝色变成浅蓝色，都是从这棵树开始的，星女一只手托着腮出神地发着呆。这时，一条小丑鱼晃晃悠悠，就像喝醉酒一样游进了那棵树里面，突然被卡住，才像是清醒过来，使劲地摇晃着尾巴要挣扎着游出来，但是无济于事。星女看到这一幕，觉得有些滑稽，突然间大笑起来，那小丑鱼仿佛被激怒了，最终拼了命地游出来，还冲她龇牙咧嘴了一番才离开。

或许是早上被那条丑鱼逗笑的缘故，即使星女一夜都没睡，但是心情却莫名其妙的不错，草草地收拾了一下自己便去上朝了。

赶到朝堂之上的时候，星女见臣子来得不多，便走上王位帮离白收拾奏折。不一会儿，海水的颜色变得越发淡薄，离白和楚析等一行人也都到了。

"昨日龙王给我写信说龙族三太子去七界游历，途经玄族，想着在此住上一段时日。不知道众爱臣有何感想？"

"龙族太子突然开始在七界四处游历，还说要来玄族住上一段时间，这无疑是要来探一探玄族的虚实。殿下不可不防啊！"

楚析一说完，周围的大臣纷纷复议。

"臣倒是觉得大可不必这样，这次正好可以让神界的太子来看看我们的海藻和丰富的鱼类，我们可以听取一些建议，这也是有利于我们自身的发展的……"

离白思量了一会儿，说道："那就迎接龙族太子吧，用最高的礼仪接待！"

于是，星女下令接待云峥。

云峥刚见星女第一面，便想到是那日在神宴上遇到的女子，说道："我当日还以为是哪个神仙妹妹我未曾见过，今日看来，樱雪姑娘不仅貌美还有才气，外表虽瘦弱，肩上却扛着一个族的命运，真是令我心生敬佩啊！"

星女笑了笑，说道："我那日只觉得你身上的紫色朝服甚是好看，却忘了行礼，你还是莫要见怪才是。"

两个人都笑了起来。

星女早早便命令侍仆建起一座小型的用贝壳做成的行宫。这座行宫的位置既不远离市区，方便云峥可以及时地观察民情，也不远离树宫，以便离白可以随时传唤。

云峥刚安顿下来便急不可耐地要星女带自己四处看看。星女领

着云峥等人先是观摩了玄族人如何饲养各种鱼类，然后做成符合他们本族人口味的汤羹，之后带着他转遍了玄族夜市的大街小巷，还观摩了兵马如何操练以及如何用水藻进行制作衣服、棉被等。

看完这些，云峥不由得惊叹道："真是国富民安啊，玄族自从打败人鱼族后，没有用武力，而是用文化使两族人不断融合，不费一兵一卒就达到了几百亿年才可能完成的富强安康，确实是厉害……"

星女笑着听完他的话后，从集市上买了一罐蓝色的海藻膏送给了云峥。这海藻膏很是神奇，不但可以外敷治病，而且将它涂在哪里，哪里就能听到海浪的声音。其他族的小孩对此甚是喜欢，将海藻膏涂在桌面上，那小小的桌子就会形成一片小小的海洋，甚至还有小小的鱼儿往外跳跃呢。

云峥非常喜欢星女送给他的海藻膏，他把那个蓝色的陶瓷小罐子安顿侍仆细心地放好。

云峥离开玄族的时候，星女又送给他许多玄族的特产，还有珍珠和红珊瑚，云峥也留下了龙族的云锦作为回礼。离白十分开心，觉得星女此事办得很好。

"丞相几日未上朝，怕是对那个什么龙族太子太过上心了吧？"刚一下朝，星女就听见身后有人追了过来，冷嘲热讽地说道。

星女转过身，笑了笑，想着朝服还没有脱，在大街上跟人争论叫嚷本就是不妥的。

"我说你呢。"楚析走过来，挡住了她的路，"怎么？我说到你的心病上了吗？"

星女抬起脸，见他一脸严肃地盯着自己看。

"你让开！"她一字一句地说道。

楚析看着周围来来往往的人和她离去的身影，突然间大声地喊道："如今玄族上上下下都知道我们，也传出了歌谣。他可是神界未来的神王，是不会娶你这个绯闻缠身的女子的，你好好掂量清楚……"

此时的星女真恨不得找个地缝钻进去，她怕是这辈子都未曾遇到过这么丢人的事情吧？她低着头继续向前走，周围的玄族百姓听闻，纷纷转过头来，笑嘻嘻地看着他们。

"将军怕是惹着丞相哩！"周围突然有人大声地喊道。

"没事儿，闹脾气……"

楚析笑嘻嘻地看向周围的人，随后快步跟上了星女。

第二十三章 玄族被灭

星女刚回到丞相府就收到了鱼仆递上来的请柬，星女见那请柬上没有任何字迹，打开后才知道原来是龙族的朝仙节到了，邀请七界各族人士前去赴宴。

玄族有三人受到了邀请，分别是离白、楚析，还有自己。

龙王是个十分幽默的人，宴席间不断和左右大臣开着玩笑，显得十分和蔼可亲。

突然间，在众人嬉闹皆笑之际，殿内吹进一阵凉风，大家转身而望，只见云峥一脸疲惫地从殿外走来，而且手上多了几道伤口，衣服也是破烂不堪。

"回来了？"龙王见他这副样子就知道他没能收服叛军

"儿臣无能。"

龙王淡淡地瞅了云峥一眼，没再继续说话，满脸厌烦之态。

四下顿时安静，没有人再敢嬉闹。

"王上，三太子本就自小无娘教导，冷不丁地让他带军去打仗，恐怕也没什么进退之观，平时只懂得神卷上那些不冷不热的理论知识，这仗能打赢才怪呢！"龙后在旁边添油加醋地说道。

"滚吧！"龙王眉头一皱，理都不想理他眼前的三太子云峥

此时，旁边的二太子得意地将杯中的美酒一饮而尽，心下不禁一番窃喜，想到自己虽然读书方面虽不如云峥聪慧，但是云峥却将这次志在必得的战役给输掉了，父王必定对他大失所望，觉得他只是个什么都不会的书呆子，从而把自己纳入王储备选人之中。

云峥刚走出大殿，殿内就响起了歌舞丝竹之声，他内心不由得突感凄凉。

神殿外的皎皎月光透过凤尾竹打在了云阶上，云峥轻抚伤口，向自己的寝殿走去。

"三殿下！"

突然听到身后有人叫自己，云峥转身一看，只见一个一袭白衣的女子正向自己走来。待那人走近了，才发现是樱雪。

"殿下，这盒珍珠里面有上好的药粉，敷在伤口上，不出半个时辰就能愈合。"

樱雪从袖口中取出一个精致的贝壳盒子，递给云峥。云峥没有说话，只是接过盒子，呆呆地瞅着她。

樱雪淡淡一笑，将耳边的碎发掖在耳后，转身离开了。云峥望着她远去的背影，将那个贝壳盒子放进了衣袖之中。

樱雪向前走了两步，突然间回过头来，对他笑了笑。那笑容干净而甜美，让他觉得异常的温暖和熟悉。

朝仙节过后，云峥便经常来找星女玩。一来二去，几个人的感情愈发深厚，不是上天抓鸟就是下海捞鱼。楚析见星女时，总是一副爱理不理的样子，不过星女可顾不上这些，她每天更加期待云峥

185

的到来，等着他来找自己一起去游览那些光怪陆离的景色。

这天，星女特意换了一身浅蓝色的薄纱裙，又精心挑选了一对水粉色的贝壳耳饰，细细地拿清露梳过头后，便无聊地趴在树府的窗户上等人。她摸着胖头鱼，突然远远地看见了云峥的身影，顿时激动地跳了起来。

"今天我们去哪儿？"

"我带你去个好地方。"

"哪儿啊？"星女一脸好奇地问道。

云峥一路上都拉着星女的手，星女虽然被蒙着眼睛，却还是感受到了周围的温度由高变低，然后又隐隐约约闻到了一股桃花的香气。

星女睁开眼，被眼前的美景给惊呆了：群星闪烁的夜空之中，矗立着一座华美的宫殿。云峥拉着她的手上了一条小船，小船轻飘飘地从星河里划过，向星宫驶去。

不知道过了多久才到星宫，云峥拉着星女的手轻轻向上一跃，两个人就坐到了宫殿的屋檐上。

"我还有惊喜给你。"云峥笑眯眯地看着她说。

转眼间，天上便出现了五光十色的流星雨。流星划过孤寂的天空，点亮了云峥的侧脸，那么陌生，又那么熟悉。

星女呆呆地看着云峥的脸，恍如隔世。她记得，也是在这样烟火璀璨的夜空，他一脸冷漠地看着自己从结界跌落，平静地看着自己消失在雷鸣滚滚的万丈深渊里。

还是同一张脸，眉目如画，温润如玉；依旧如她初见他的样子，纵使几十万年过去，他的眼里依然洋溢着一种柔和的少年感。

云峥轻轻地抬起她的脸，吻上星女苍白的唇。她没有反抗，脸上的表情不知道是冷漠还是惊愕。

"嫁给我吧！那样我就把这片星空送给你。"他一边说着，一边将她轻轻地拥入怀中。隔着他的衣服，她闻到了他身上好闻的桃花香气。

星女笑了，闭上眼，两行眼泪轻轻滴落在他那一袭青衣上。

回到玄界时，天色已经很晚，海水由淡蓝色变成了深蓝色。星女悄悄地推开房门，唤醒一只水母灯后便蹑手蹑脚地走向神卷阁——她要好好地查一下嫁给天族需要的礼节，免得到时候给云峥丢脸。神卷阁在水草深处，在深蓝色的海水里显得十分阴森可怕。

"你来了？"

星女被这突如其来的声音吓了一跳。正打算转身时，一张脸突然出现在她面前。

"干什么来了？"

只见楚析提着灯，正低着头看着她，他的五官在灯光里清晰可辨。星女见到楚析，不由得往后退了一步，打算出去。

"你和他……"

"我就要嫁给他了。"

楚析听到这话，怔了一怔，倚靠着身后的书架，呆呆地看着她。

"那我呢？这么些年你把我又放在何处？"

"这下你知道了？"

温馨的水母灯下，星女意味深长地笑了笑。

楚析一把将星女拽在怀里，书架跌倒，海藻书一本本地漂浮起来，向海面漂去。

他认真地看着她,眼睛里面满是哀伤和绝望。他俯身下去咬破了她的嘴唇,鲜红的血瞬间涌了出来——她体内被星灵滋养的鲜血是他一直渴望的,也是他不治之症的良药。

　　突然他又犹豫了,顿了顿,一把推开星女,深吸了一口气,擦了擦嘴。

　　"几百万年了,你也真的一点儿都没变。"楚析呆在原地,许久后才缓缓地说道

　　"是啊,我们……我们原是相识几百万年了。"

　　楚析听到这儿,不由得愣了一下,然后说道:"离开他,他在利用你!"

　　"你们,有区别吗?"

　　星女冷笑,头上银色的步摇微微地摇晃着,深蓝色的海水中泛起阵阵涟漪。她转身推开漂在身边的海藻书,头也不回地游了出去。

　　回到自己的丞相府内时已经是深夜了,星女披着一块海藻毯子走到窗前,打算继续处理那些送来的奏折,又隐约感觉窗外有人,抬起头,只见悦儿正站在院子中的那棵海树下面一脸平静地盯着她看。

　　"悦儿,你怎么这么晚来了?快进来吧!"星女心里觉得奇怪,给她开了门。

　　悦儿怒气冲冲地走进来,没经主人允许就坐在了床边

　　"你怎么了?"星女感觉悦儿的状态今天实在有些怪异,不禁询问道。

　　悦儿这时却突然站了起来,一把抓住星女的头发往墙上撞去,星女一时没有反应过来,被打得鼻孔直蹿血,连四周的海水都多了

几丝血腥味儿。

"你可真不要脸，勾搭完楚析还要去找云峥，为什么我喜欢的每一个人你都要夺走？"

悦儿还想伸手继续打，星女一把抓住了她的手。

"你不过是一个贱婢，来我们玄族给你赏口饭吃而已！"悦儿气急败坏地说道。

星女很淡然地擦了擦嘴角的鲜血，施法将伪装术消除，附在面部上的那层水膜突然散开，星女露出了原本的容颜。

"这下你知道我是谁了，我是贱婢，那你是什么？"星女问道。

悦儿见状，觉得不可思议地向后踉跄了几下。

"星女？"

"我，星族的嫡公主，神校榜上封神的人，你见了我都要跪拜的，你知道吗？"

悦儿这时回过神来，突然大笑起来。仆人们走了进来，星女迅速施法将自己伪装好。

"公主殿下不知道为什么发起了疯，送她回公主府。"

仆人们走上前来，将悦儿搀扶了出去。

云峥经常偷偷地来找星女，而且每次都会为她带来不同的美食，还询问有关玄族的事情。星女知道云峥的目的，他是想从自己的嘴里套出一些有价值的东西，但是她又故意装作什么也不知道的样子，把自己知道的情况一一告诉了云峥，包括玄族是如何练兵的、树宫后面设有暗门等等。果然不出所料，不久之后，云峥就在龙王的默许之下率领着几万精兵趁着夜色攻打了玄族。玄族因为没有任何防备，而且很多保护自己的装备好似都被玄族知道得一清二楚，所以一败涂地，甚至连楚析私下里训练的精兵也所剩无几。

云峥并没有事先和星女说，他把那些人连同丞相府也一起炸了。星女狼狈出逃，她走到街上，看到了成千上万的百姓蓬头垢面地躲避战火，看到了满眼被摧毁的房屋，一片流离失所的狼藉模样。星女就这样漫无目的地走着，像丢掉了灵魂，身后的街道、城墙和水草房也已经被摧毁。

水弹终于瞄准了显眼的她，在她身边炸开……

战火的硝烟味儿刺得她无法睁开双眼，黑色的碎末在她的身边荡漾开来，她看不到前路，也辨不得方向，她已经没有了力气，一点儿一点儿地下沉，任凭那片黑色吞噬自己。

不知道过了多久，她才听到耳边有人呼喊她的名字。

星女睁开双眼，四周是一片战火之后的狼藉，昔日那些漂亮的水母灯像乞丐的破碗一般高高地悬挂在屋檐上，白色贝壳堆砌的漂亮的街道上铺满了尸体，鲜血染红了四周，渐渐地升起，向海面漂去。

突然间，她听到了一声低低的啜泣声。

"有人吗？"星女轻声地问道。

那声音突然间停住了，水草后边露出了一双大大的眼睛。一个小女孩瑟瑟发抖地抓住她前面的水草叶子，头发乱蓬蓬的。

星女一把抱住了小女孩，躲进了水草里。天兵天将们来来回回地巡视着已经破败不堪的街道。

星女一脸警觉地看着水草外面的动静，小女孩眼巴巴地望着她，突然轻轻地摇了摇她的手臂。

"姐姐，是你吗？"她轻声地问道。

"啊？"

"爹爹说，以后要是再见到那个头发乱蓬蓬的姐姐，让我们把这个给她。"说着，小女孩打开身上的贝壳坠子，里面是香甜的海藻干儿。

星女这才仔细观察起这个女孩，突然间想起她曾经遭遇寒季差点儿冻死街头时的场景：那天，她路过一栋温馨的屋子，女主人正在里面熬着汤，小女孩试穿着珊瑚裙子……那时候她多么想喝一口汤啊，可是等男主人把房门打开时，她却害怕地匆匆忙忙溜走了。

"我爹爹说，那个姐姐一定是饿坏了，让我们再见到她，给她这个吃。"说着，她拿起贝壳里的小海藻干儿。

星女看着女孩乱蓬蓬的头发，接过饼干，心里很不是滋味。

突然间，伴随着一声巨响，身边的水草被炸开，她急忙转身护住了女孩，身边的玄族民众们纷纷四下逃窜，他们抱着头，绝望地哀号着，内心感到无比恐惧。

浓浓的黑色碎末伴随着兵器尖锐的声响又一次荡漾开来……

纷乱的人群之中，星女恍惚中听到一阵熟悉的声音，黑色淡去，她看到了楚析熟悉的身影，他正抱着一个小孩子，指挥着他的民众逃离这片死亡之地。

星女把小女孩交到一位阿婆的怀中，刚想站起来，一颗水弹突然在她身边炸开，她腾空而起，又随着弹末降落。血从她的腿部止不住地流了出来。

那一刻，

世界在坠落，

周围的人们都在纷纷逃离，

他却逆向而行，

向她奔来……

牧星女

第二十四章　真实身份

他扑倒在她身上，迅速用手捂住她的嘴。

"装死！"他用口型对她说道。

星女听到这句话，紧紧地闭上双眼，水弹再一次在他们的四周炸开。她不敢发出任何声音，只是紧紧地闭着双眼。楚析第一次挨她这么近，她的睫毛微微地抖动着。这不禁让他想起在他五千岁那年第一次见到她的样子，那时他去神界赴宴，可是自己却不小心打碎了宴会上的一个琉璃盏，因为害怕受到训斥，一个人偷偷地躲到桌子下面瑟瑟发抖。

后来还是她发现了他，然后骗质问的神仆说是她自己不小心打碎的，还悄悄地回过头，对着藏在桌子下面的他微微一笑。

原来，这么多年，他还是无法欺骗自己的内心……

他好像从那个时候就开始喜欢上她了吧？纵然她再嚣张跋扈，纵然她消失了那么久后性情大变，他也一如既往地喜欢她，顽固而卑微地喜欢着她。

他那么小心翼翼，即使那天知道坐在轿撵中的就是她，他还是没有勇气掀开轿帘。

楚析把头轻轻地靠在了星女的肩膀上，腹部传来一阵阵钻心的刺痛感，他闭上双眼，任凭血水从腹间涌出，他的后背染红了他们周围的一大片海水。

这时，星女突然觉得身上轻了许多，眼睛悄悄地打开一条缝儿，只见楚析正一点儿一点儿地向海面漂去，他双目紧闭，在蓝色的大海中安详而静谧地沉沉睡去……

星女的眼泪在咸咸的海水里被稀释开，随着楚析一起漂向浩渺无垠的海面……

见到她时你是什么样子的？不动声色吗？

嗯。

不，你动了心。

几十亿年前……

一片清幽的竹林里面突然传出两个人说话的声音。

"……神界的法卷和神史大致讲的就是这些内容，我感觉你已经掌握得差不多了，切记到时候去了神界，一定要隐藏锋芒才是。"

"师父，徒儿知道了。"

那个老人摸了摸胡子，欣慰地笑了笑，突然间好像又想起了什么似的说道："对了，卫白那边你进展得如何了？"

"回禀师父，徒儿经常跟着他，以便模仿他生活中的一举一动。有一次他在林中走散，一个从小跟在他身边的仆人还把我当成了卫白。"

"嗯，很好。卫族被灭族，依星族和卫族的交情，星族一定会出手相助，卫白被送去星族的时日我已经知晓，时机一到，我们就神不知鬼不觉地杀掉卫白，到时候你取而代之就好。"

"师父，为什么我们一定要去星族呢？我们两个找一处清幽的地方好好生活不行吗？"

师父一听楚析这样说，面色顿时阴沉下来。

"这样的混账话，为师不愿意再听第二次！你的父王和母后都被星王杀死了，他们灭我们全族，我们又怎么能放过他们？你那时还小，未曾看到容族血流成河的景象……"

楚析见自己惹师父生气了，低下了头。

"卫白和星女从小一起长大，星女的脾气秉性和生活习惯卫白应该是都清楚的，我看卫白你已经了解得差不多了，日后要多去了解一下星女了。这次计划我们密谋了几万年，千万不能有什么漏洞啊！"

"是，师父。"

楚析不敢再多说什么，怕惹师父生气。秋天到了，竹林里面穿过一阵凉风，师父的身子单薄，咳嗽了几声，楚析见状，急忙脱下外套披在师父的身上，搀扶着他进了那座简易的茅草屋里。

屋子里的陈设十分简单，楚析点燃床头的那盏煤油灯后，给师父盖上被子便走了出去。

"倘若这次复仇能够取得成功便是极好的，但是如果失败了……"黑暗中，师父的话突然响起，他哽咽了一会儿，继续说道："如果失败了，就去陪伴容王和容后吧。"

楚析听师父说完之后轻掩门扉，走出了屋子。

屋外一片凉爽，他拿出木剑，仔细温习着上午师父交给他的剑法。

就这样，他一直跟在星女的身后，跟了她几万年，他最后甚至比星女都熟悉她自己的喜好。

在星族长公主封神的宴神会上，他看着那些琳琅满目的食物，馋涎欲滴，最后实在禁不住诱惑，便偷偷地藏在桌子下面捡那些掉在地上的残羹，不一会儿便觉得口渴，想去喝桌子上面的美酒，却不小心将桌子上放着碧桃酒的一个名贵的琉璃盏给打碎了。神仆闻声走过来察看时，星女也走了过来。

"原是我不小心打碎了。"

"公主殿下，我刚刚看到是一个小男孩……"

"原是我不小心打碎了。"

"殿下……"

"一个琉璃盏又如何？碎了就碎了，这样大喜的日子，你也不想让大家不开心吧？"

神仆见星女这样说，只得讪讪地离开了。星女见神仆走远后，冲桌子下面的他微微一笑。

从那之后，他便像丢了魂魄一般地跟着她。她读书时，他就在她寝殿窗户前面的韦陀花海中玩耍；她睡觉时，他就躺在寝殿外，与她一起枕着同一片星空入眠。

他甚至还一个人偷偷地溜出神界去找灵婆。

"我想查一下，查一下星族三公主的命运……"

他穿着破破烂烂的衣衫，站在柜台下面。

灵婆有点儿耳背，只觉得周围好似有人说话，于是放下手中的烟斗站起来，朝着外面望了望，没有看到有什么人，便又坐了下来，拿起手上的烟斗磕了磕灰，又吧嗒吧嗒地吞云吐雾起来。

"我想查一个人！"楚析大声地说道,从柜台后面露出一个圆圆的小脑袋。

灵婆被这突如其来的声音吓了一跳,一下子从椅子上面弹了起来,上下打量了一下站在对面的小男孩,眼睛里面闪着兴奋的光芒。

"查谁？"灵婆一边不耐烦地问道,一边向空中吐了一圈白烟。

"星族、星族的第三位公主。"楚析捏着衣角怯怯地答道。

灵婆完愣了一下,随手把手中的账本一扔,没好气地说:"没这个人！"

"可是,可是我听说您这儿什么都可以查到,只要给你支付足够的价钱……"

灵婆抠了抠鼻子,啐了一口,倚在柜台上面,百般无聊地看着他,笑道:"你知道你要查的是谁吗？她可是神,岂是我这种小辈动动手指头就能算出来的？"

小男孩的眼泪瞬间涌了上来,"噢"了一声之后便低下头,准备转身离去。

灵婆见他那副模样,略微又觉得有些于心不忍,叫住了他:"你回来吧！只要你支付得起,我还是可以考虑一下的。"

小男孩听灵婆这么说,一把擦干了脸上的眼泪。

"查姻缘就查姻缘吧,还冠冕堂皇地说查命运。来我这儿的人都是打着各种借口的幌子,最后还不就是想看姻缘罢了……"

灵婆嘴里念念叨叨的,用那双长着鲜红的、长长指甲的手,从柜子的最上面取下了一本厚厚的命运簿。她用猫尾巴扫去上面厚厚的灰尘,楚析想站起来看看命运簿上面的字,却没有看到任何东西。灵婆被飘浮在空中的灰呛得咳嗽了半天，待灰尘静落后才缓缓地端起那本旧书，拿到油腻腻的、昏黄的油灯下查看。

"星女……"灵婆眯着眼睛，一边默念着名字，一边用手指蘸着唾液一页页地翻看着。一旁的楚析感觉等待了很久，就像一个世纪那样漫长。

"啊，找到了！"

灵婆慢慢地用长指甲轻轻指着那些文字，看了一会儿，突然抬起头，眼睛里露出狡黠的光。

"我可以告诉你关于她的未来，那么你准备用什么作为交换？"

"可我什么都没有……"

灵婆仔细地看了他一眼，不怀好意地笑道："别看你穿得破破烂烂的，可你还是容族的遗子呢！"

楚析咽了一口唾沫，一脸惊悚地看着她。

灵婆见他往后退了一步，一边合上书，一边拍了拍手，说道："也罢，来我这儿的人，到最后都被吓走了，几亿年了，到现在我还没开过一次买卖。"

灵婆说完，笑着无奈地摇了摇头。

"痛不痛？"楚析小声地问道。

灵婆愣了下，没有说话，又打开了书，念道："星女是没有姻缘的，她虽然是神，体内有星灵护体，却奈何生不逢时，只能活一世。"说完，便合上了那本厚重的书。

"只能活一世吗？还有没有什么其他办法？"

"办法倒是有，就是用你容族可以号令海洋的嗓音来交换，不过最多也只能换她再活一世。"

"我换。"

"你要想好，你所剩无几的这辈子也将无法变成正常人了，只能靠吸食人或仙的鲜血为生。"

"换吧！"

楚析闭着眼睛，握着拳头，一副无所畏惧的样子，恐惧的眼泪却还是流了出来。

灵婆看着他，有些于心不忍。

"今日我不做买卖，等他日想好后你再来吧！"

"换吧！"楚析再次坚定地说道。

这时，灵婆脸上的表情变了，变成了一半是娇俏的少女容颜，一半是流着泪的枯老的容颜。店外仍旧是一望无际的乌云密布。

楚析就这样过起了半妖半兽的生活，他几次三番地想努力咽下那些他曾经最喜欢的食物，把肚子填得鼓鼓的，可是等到饥饿真正来临的时候，他还是无法控制自己想吸食鲜血的冲动。他也曾尝试去喝动物的鲜血，但是没有任何作用。

后来，他的技术练到了炉火纯青的地步，以卫白的身份正大光明地游离在星女的身边。他原是十分高兴的，但是看到她总是跟在云峥的身后，渐渐地，再也开心不起来了。

他用卫白的外貌偷窃了卫白的生活，但是因为在灵婆那里为星女换来了来生，所以他注定以后都要依靠吸食别人的鲜血为生。神校里的侍女们少了一拨又一拨，在神校的时候，离漱床下的那双涂血的小鞋其实原本就是卫白的，那双鞋子是他出去觅食时穿的，由于慌张，将那双本该放在离漱床下的大码鞋子弄混了而已。

楚析就这样一边自责，又一边充满期待地活着。他满怀期待地希望有一日可以和她光明正大地走在人间的街头。同窗之时，记得神史长讲到人间时,他看出了星女满眼的期待。

星女在赤族遇到的那个白发吸血魔头原本也是他。当时,他体内的魔性感受到了星女体内的星灵就在山洞的附近,他怕自己魔性大发,便将自己提前锁在了山洞的墙壁上。但让他没有想到的是,他在饥饿的时候是完全不受自己控制的,他便靠着最后一丝理性将离漖唤了过来。他原是希望离漖可以保护她的,离漖因此也知道了他的身份——离漖自己也觊觎神界的位置好久了,希望能够做出一番大事业,好在父皇面前炫耀一把。和离漖、云峥一起密谋灭了星族之后,这么多年,他在玄族一直胜任将军的职位,他知道离漖其实早就视自己为心腹大患了,但是这么多年他也没能除掉自己,而且离漖后来发现他并没有要鸠占鹊巢的想法和称霸天下的野心,渐渐地也就放松了对他的戒备之心。

楚析当了玄族的大将军后,一瞬间权倾朝野。大家都知道楚析性食鲜血,便想方设法地讨好他,而那些居住在玄族海边的难民为了祈求海面太平,只得争先恐后地把自家的女子装扮成新娘子的模样,逼迫她们坐在轿子里面祭奠给大海。

"不该相遇的人,总会在会兜兜转转之后再次遇到。"

这是星女在轿子内感受到轿子外面的他时的想法。星女知道他会来,她体内的星灵感知到了他就在附近。她一脸平静地望着被海水轻轻拂起的轿窗上的帘子,轿子外面,蓝色的海洋里是一片孤寂的无字墓碑,那下面埋葬着的都是正值年少的香魂。她不知道为什么自己那么熟悉的卫白怎么会变成这副模样,又或者自己本就是不熟悉他的——他算计自己的族人还不是完全没顾及这么多年的情分吗?

轿帘外面,她听着他熟悉的脚步声越来越靠近,透过海水拂起

牧星女

的轿帘，她看到了他脚上镶着金丝边的黑绒鞋子——他原本是最不爱黑色的。

轿子外面，楚析也一直迟迟地没有掀开轿帘。

他找了她几百亿年，终于找到了她，却还是没有勇气拉开帘子。

星女用法力挣脱了捆绑，手握左臂上的星灵消失在了轿子里面。

他望着空空的轿子，伫立良久。

楚析是自私的，他知道星女会死，但是他全然不在意，因为他用自己的永生换了他的来生。他希望自己完成复仇之恨后，星女可以忘记所有，能够再次和他偶遇，或者重新开始。他等了她好几百亿年，终于靠着她体内星灵的力量辨认出了星女，却全然不知道，星女也凭借着体内星灵的力量认出了他。

隔着星女的伪装术，星灵觉得异常的兴奋，因为它们识得卫白，星女也是在那一刻才突然明白他的真实的身份就是容族的太子，那个把她灭族的，原是她从小一起长到大的、最信任的朋友。

星女望着逐渐离自己远去的楚析，看着他身体中涌出的鲜血染红了四周，看着他闭上眼睛安详地漂向海面……

许久之后，云峥终于在一片废墟中找到了星女。

她拿起那把捅入他的腹部的刀，站在群众之中，向他们说道："那个人，那个祸害七界已久的大魔头已经被我杀掉了……"

众人惊呼，都跪下来。

云峥看她民心所致，得意地笑了笑，将她拥在了怀里。

第二十五章 劝说赤族

玄族被灭掉了,云峥得到龙王的赞赏后很是开心。龙王给云峥分派了很多朝堂上的事情,朝臣们也都已经心知肚明龙王未来的继承人是谁了。

星女见云峥每日事务缠身,便自告奋勇地主动打理玄族的剩余琐事。云峥想到星女毕竟曾是玄族的宰相,想着一些事情由她去做有时会比自己处理起来更方便些,便也同意了。星女下令将玄族的战俘们和皇室遗留的人都关在天牢里面,其他平民则允许在七界之中生活,但是他们会被刻上玄族遗子的名目,这些人永远都不能够在朝廷为官,也不能进出神界成为神仆。玄族的人纷纷在神仆的带领下离开了玄海,寂静的海面上到处能听到人们哭泣的声音,他们之中有很多人这辈子都未曾来过海面,因为依照玄族的民俗,那多多少少还是有些不吉利的。但是这个时候,没有人会顾及他们的感受了,国家被灭,他们今后只能过流浪的生活了。

"站住!站住!"星女突然听见身后的天兵叫嚷起来。

"什么事情？"星女问道。

"回禀樱雪姑娘，他妄图带玄族的遗子出逃。"

星女转身，看了一眼身边的那个老头儿带的几个孩子。她在玄族中当过内侍，认得出那几个小孩中有几个确实是皇室的孩子，只是年龄都较小。星女再看那个老头儿，不由得惊住了，那人竟然是曾经在神校教过她的法老。法老大概看星女认出了自己，向她鞠了一躬，轻声说道："他们年纪还小，日后自然也不记得。"

"大胆！"旁边的那个士兵一见他承认了，便一脚将他踹了下去。

法老"咚"的一声沉入海底，周围冒起了白色的细沙。

星女见周围人都匆忙躲开，缓缓地走到法老的身边，把他扶了起来。

"放他们走吧。"星女轻声说道。

忙完玄族的琐事，星女便被接走去了神界，云峥也忙完了手边的事情，两个人开始一起筹备起婚礼的相关事宜来。

神界的一切礼仪都显得那么烦琐，当沉甸甸的神后的头冠压在星女的脑袋上后，龙族的侍仆走上前来，用盒子中的玫瑰膏点在了她的嘴唇上，浓烈的阳光从外面照射进来，她向外望了望，看到园子里面种着大片大片的玫瑰花。

"我还从未见殿下如此用心地对待哪个女子呢。雪儿姑娘，你可真有福气，大家都十分羡慕你呢。"

星女笑了笑，左右摇晃着头，看看镜子中的自己，云镜中的她丹唇轻启，明眸皓齿。

她也算是嫁给云峥两次了吧？

"好了，礼服我已经试过了，我觉得不错，陪我出去走走吧。"星女转过身来，拍了拍侍仆的手，说道。

园子里面满是盛开的玫瑰，星女采下新鲜的玫瑰花放进篮子里，回到殿里后将花瓣摘下来倒进器皿中，捣成玫瑰汁水，再浇到已经做好的薯饼上面。

"殿下也真的是有福气，能娶到你这么多才多艺的姑娘。"侍仆不禁赞叹道。

云峥吃着那些带有花香味的薯饼，不知道为什么，觉得十分熟悉。

"这是用什么配料制成的？为什么味道如此香甜？"

"在我的家乡，人们一般都用桃花制成一种点心，叫作桃花饼，但是我看这偌大的龙殿中都没有一棵桃树，看园子里的玫瑰花倒开得正艳丽，便用玫瑰代替桃花了。"

云峥的面色突然间暗沉下来，他将手中剩下的那半块饼放回了玉盘中。

"怎么？不合你的胃口吗？"星女问道。

"没什么，只是觉得最近有些疲惫，想着该回去了。"

"好，那我让侍从送你吧。"

云峥"嗯"了一声，没有再说什么话，径直离开了。

星女看着云峥的影子走出殿外，转身又坐在了桌子前面，面无表情地将剩下的玫瑰糕饼送到自己的嘴里。

日子一天天地如同流水一般逝过，大婚的日子也越来越近了，看着眼前的神仆们急匆匆地忙前忙后的身影，星女恍惚之中仿佛回到了她小时候。那时正值星族繁盛，每次只要举行什么神族的宴会，她就会跟在长姐的身后，看着她忙东忙西，偶尔长姐还会往她嘴里塞一些美味的吃食，星女觉得这个时候的她大概是最开心、最幸福的孩子了。

按照神界的礼制，龙族太子大婚，必须要三万年之后才可以举行仪式。星女觉得在龙宫的日子变得越来越无聊，最后经过云峥的允许，她才得以在闲暇的时候能去七界随便走走。

来到熟悉的地界，星女找了很久，才凭记忆找到了赤族。赤族的一切仿佛都还是原来的模样，轻叩赤族的门扉，她知道书瑶不会出来了，但内心却还是抑制不住地有那么一丝丝的渴望。

星女在洞口站了好久，里面的人进去传完了话才出来，是一个模样俊俏的青衣女子。那女子开门后，向星女行了一个星族的礼仪，说道："殿下，里面请吧。"

星女走进山洞中，又转了几十个弯才到了赤殿之上。

"殿下，人带到了。"

那个青衣女子说完话，便退了下去。星女纵眼望去，只见朝堂之上竟然没有男子，都是清一色的女子。大殿之上坐着一位长相颇为老气但穿着十分华贵的妇人，见她来了，便十分热情地从王位上面走了下来。

"未曾迎接贵客，终究是我的不是，早知您今日来，我便亲自去接您了。"那妇人十分热情地一把拉住了星女的手，说道。

这应该就是赤族的新王了，向来十分注重男子的赤族竟然换了女子当皇帝，而且朝堂之上全是清一色的女儿身。

"既然你已经知道我的身份，那我此番前来的目的，你恐怕也猜得八九不离十了吧？"

赤王坐在星女旁边，说道："或许，能猜个七八分。"

"那我也就不和你绕弯子了，你的祖奶奶和我从小一起玩到大，这情分你想必也清楚，我希望你在龙族和我之间能做出一个选择。"

"这……"赤王有些无奈地笑了笑，"您也懂得，论辈分，我也是个小辈，得叫您一声奶奶，如果您需要我的帮助，我是在所不惜。可要是出兵的话，我们赤族已经好久不谙世事了，况且我们一介女流恐怕寡不敌众啊！"

"玄族是站在我这边的。"星女冲赤王笑道。

赤王听后略微有些惊讶，她原本没有想到玄族竟然也选择帮她。

"我从小就是我祖奶奶哄大的，我也听说过很多关于你们的故事，我相信如果她今日站在这里，也一定会选择和你在一起，那么我也会跟她做出一样的选择。"

星女笑了笑，欣慰地拍了拍赤王的肩膀。

赤王披上斗篷，亲自送星女走出了赤族的大殿，本来还想送一送她的，星女却摆手示意让她回去，想着自己一个人在赤族的周围转一转。

那青衣女子见王上回来了，一脸疲态，便走上前去替她把斗篷摘了下来。

"王上何苦答应要帮她？这族与族之间的争斗原本就是没完的……"

"哼，没完？我看这天下恐怕又要收入星族的囊中了……"

"此话怎讲？"

"你没听她刚刚说吗？连玄族都被她收入帐营之中了。你仔细想想看，如今这天下无非就剩下天族、龙族、岐族、玄族、邱族和赤族了，岐族内斗灭在了君臣不一心，天族唯一的太子是她长姐念奴的孩子，虽然因为是星族的遗子而备受冷落，但那又如何，天族根本找不到更合适的人来继承王上的位置……"

"那还有邱族啊！"

"邱族？呵呵，邱族更是软弱之辈。现任的邱王就是岐王之前的太子，他老子都死了，还是那副软弱的德行，每日只喜欢摆弄乐器，让他出兵是不可能的，他情愿等死。"

青衣女子一边听着，一边扶着赤王走进了偏殿，然后将她头上沉重的头饰一个个地摘了下来，一头如同瀑布一般的长发瞬时散落下来。青衣女子拿起石头做的梳妆台上的一个白色器皿，放在鼻尖嗅了嗅，将器皿中的桂花精油倒在了赤王的头发上，头发便泛起了阵阵芳香。

赤王闭上眼睛，轻轻地按了按两边突突跳动的太阳穴。寝殿里面除了洞里面转角处瀑布的流水声，再没有其他声音，安静得很。

"听说她曾经是赤族太上皇的闺中密友。"

"那又如何？你要相信这天下没有永远的友谊，有的只是永恒的利益。"赤王用干枯的手轻轻地拍了拍那模样清丽的青衣女子，继续说道，"你看她今日穿的是星族的服饰，她今日的架势无非就是要告诉我，我愿不愿意和她站在一边不重要，重要的是我已经没有什么选择了。"

"她怎么这样啊？想当初太上皇还是她的闺中密友呢。"

"她正是这样，才不出乎我的意料之外。"赤王看着铜镜中的自己，继续说道，"星女真不愧是当时神校榜上选出来的第一名。你知道吗？我听祖奶奶说，她的分数甚至都超出了历届的第一名，而且至今仍旧在榜单的首位，无人超越。星族没用一兵一卒，靠着三个女流之辈在神界活生生地挺过了几百万年。神界可是多少人都望眼欲穿的地方啊，这星族三姐妹竟然都被封了神！迄今为止，星女之后好像有资格封神的人一直都没再出现吧？这星女啊，甚至要比她的两个姐姐还要优秀，你以后可得学着点儿啊……"

"知道了，皇祖母。"

赤王看着镜子里面的自己和身后的青衣女子，叹了一口气，说道："我老了，如今也只是一门心思地培养你了，你切记要事事留心才好，但愿赤族的未来在你的手上能变得更好。"

"我知道了，皇祖母。"

那青衣女子扶着赤王上了床榻，细心地将两边的玫红色纱幔放了下来，吹灭了灯，然后轻手轻脚地走了出去。走过山洞的几个回廊后，她转到了大殿，点燃几盏灯，坐在王座上面，打开桌子上大臣们交上来的书柬，一张一张地细细翻看着……

第二十六章　物是人非

　　星女一直站在邱族的帐篷外面等候着，周围的人似乎对她很是冷淡。但是星女顾不得许多，只是透过大殿的帘子向里面看着，渴望能从里面看到岐恒的影子。

　　然而，岐恒却久久地没有传唤她。

　　星女依旧站在帐篷外面。邱族的风沙一向是这么大的，邱仆们个个身着艳丽的红色衣衫——听讲神史的老师说过，邱族人热爱红色，多半是因为他们生长的地方常年刮风沙，在沙漠里面穿颜色亮丽的衣服比较显眼。周围的每个人都戴着漂亮的头巾，她没有戴，头发在空中肆意地乱飞。星女突然想起二姐念奴，一向在星宫待惯了的她，不知道是如何忍受得了这样恶劣的天气的。

　　天色逐渐暗沉下来，这里的昼夜温差实在是太大了，周围的人中午还穿着纱衣，晚上就在外面套上了毛绒类的衣物。星女被冻得有些瑟瑟发抖，正想着用法力给自己变一件厚实的冬衣，大帐的帘子却被拉了起来。一位穿着明黄色衣服的男子走了出来。

"姑娘，久等了，王上说请您到殿内等候。"

星女顺着那黄衣男子的指引走了进去。

殿外狂风肆意，殿内却是温暖如春的。星女环顾四周，这里的装扮并不是邱族本族的传统装扮，大帐的周围种满了岐族的热带植物，空气中竟然散发着浓重的花香。

不知道等了多久，后面响起了轻轻的脚步声，一会儿便停在了她的身后。

星女转过头，只见岐恒高高地坐在王座上面。

"好久不见。"星女说道。

岐恒看了看她，没有说话。

"我今日来找你是有一事相求，我希望你不要和龙族的人站在一起。"

"你求我，还到邱族来求我，你就不怕我要给邱族报仇让你有去无回吗？"

"即使我当年没有设计岐红，你父王和龙族，还有岐山的战争也是不可避免的，我只是推了一把而已。"

星女说得有些激动，大帐的柔光打在她的步摇上面熠熠发光。

"呵，你还真是有你的一套说辞！"

两个人正说着，一个蒙着面纱、身材苗条却挺着大肚子的女子撩起帘子走了进来。

见星女在大帐内，说了一句："原是我唐突了，不知道有贵客来访。"准备转身离开。

"知禾，没关系的，你留下，我们一起回去吧。"

那女子微微地点了一下头，乖巧地坐在他的身边，轻轻地将面纱取了下来。

她的五官虽然不是十分的精致艳丽，却给人一种柔和而温润的感觉，在昏暗的灯光下越发令人看得如痴如醉。

"知禾？你的名字很好听。"星女说道。

那女子微微地颔首低头，以示回应。

"你原是没必要上门来求我的，你们之间的纷争我也不愿意参与。"

岐恒说完这句话，便扶着知禾离开了。星女起身，看着他们远去的背影，竟不由得觉得心情很好。

"她是星族的公主吗？"

"嗯，曾经在岐族的时候是我的老师。对了，你怎么知道她是星族的？"

"一般的女子怕是没有这样清冷的气质的。"知禾笑着说道，仿佛又想起了什么，"对了，前段时间我命仆人去办些事情，路过岐族之前的地界，特意给你带了些你最想吃的鹿肉脯。"

"真的吗？夫人有心了。"岐恒踮起脚尖，轻轻地吻了一下知禾的额头。

星女站在帐内，听着他们越来越远的话语声，脸上泛起了甜甜的笑容。

岐恒白了很多，许是邱族风沙大经常用纱覆面的缘故；岐恒也成熟了许多，一点儿都不像自己之前第一次见到他时那副挑衅自己的叛逆模样了。

他那么善良，原该得到如此的结果，否则对他来说，就真的太不公平了。

第二十七章　赤族内部政变

赤族的宫殿内。

几个青衣女子走到赤怡身边，说道："公主，这是长公主的晚饭，请您过目。"

赤怡站起来，只见那盘子中只有几颗青色的梅子，眉头微微一皱，心情有些不爽。

"我姑姑只是暂时被皇祖母幽禁起来了，但她还是赤族的公主，你们就这么对待她？"

"殿下，是王上这样吩咐的，说是让长公主殿下好好地反思一下。"

赤怡摆摆手，示意那些仆人下去，剩自己一个人坐在石凳上面望着那几颗梅子发呆。她也不知道如今家里的人为什么都变成了这副样子，又或许大家本来就是这个样子的，即便姑姑是皇祖母的亲生女儿，但只要威胁到皇权，依旧逃不过母女反目的局面。

寝殿内，玉制的窗户外面传来清凉的流水的声音，赤怡站起身，绕过前厅，走到外面的小瀑布花园里面，蹲下来，拾起地上的一颗石子，往水池里一扔，那水面上便泛起了好几圈悠悠的波纹。

"殿下，殿下，王上不好了。"一个青衣的女子急急忙忙地跑了进来，喊道。

"怎么了？"

"殿下快随我去看看吧。"

赤王的身体从去年开始就没有以前那般硬朗了，有时候更是连饭都吃不下去，从神界请来的药神说，赤王本是没有什么疾病的，只是大限已至，这肉身和元灵也将随着年纪的增长而不断老去，恐怕就要消散于这七界之中了。

原是早就料到的事情，皇祖母有时候说些话，甚至是吃点儿东西都要休息好一阵儿的，但是赤怡也没有想到这一天会来得这么快。

她坐在皇祖母的身边，端起仆人手中递过来的清水，给她嘴边喂了几滴，赤王的嘴唇便没有刚刚那般干裂了。看到这样的情景，赤怡坐在赤王的身边，小声地抽泣着。

"怡儿，怡儿。"

赤王没过多久便清醒了过来。

"皇祖母，您感觉好些了没？"赤怡一看祖母醒来，十分慌忙地问道。

"扶、扶我，起、起来……"赤王虚弱地说道。

赤怡小心翼翼地扶起赤王，并在她的身后给她垫了一个棉质的枕头。

"我恐怕大限已至，怡儿，你不要难过。"赤王说道。

"皇祖母——"赤怡一听这话，眼泪便唰唰地掉了下来。

赤王见赤怡这样，不由得叹了一口气，说道："你一定要记住，别放你的姑母出来，以她的性子，放出来的话恐怕是要天下大乱了。"

"皇祖母——"赤怡此时已经泣不成声。

"还有就是，你要听星女的话，要和他们一起去攻打龙族。我想着如今这局面定是输不了的，你是个性子极其纯善的孩子，我信你日后定会将这赤族治理得很好的。"

"皇祖母，我记住了。"

"千万不要放出你的姑母，知道了吗？"

赤王说完这一句话，身体上最后一丝灵气便消散了。赤怡抱着赤王，让她没有想到的是，原来皇祖母华美的皇袍之下已是一副骨瘦如柴的身躯了。

"臣觉得殿下应该尽快处理先王的遗体，以免让长公主殿下知道了这个消息。"

赤怡听完赤琪的话，不禁觉得十分生气，她不知道皇祖母怎么想的，竟然会让这种冷冰冰的人来辅佐自己，皇祖母的尸体还没有凉透，现在竟堂而皇之地称她为先王了。

赤怡站起来，抹了抹眼泪，说道："我现在下令，举国上下为我皇祖母穿黑服三年！我要让整个赤族都记住这个悲痛的日子。"

赤琪无奈地摇了摇头。他其实早就知道用不着自己多说的，以公主的性子，多说也是无用的。

赤怡为皇族母操办了一场盛大的葬礼，连被幽禁在洞中的长公主也知道了。

大殿之上，赤怡正在烛光下认真地批改奏折，一个黑衣侍女走进来说道："殿下，长公主怕是已经知道先王仙逝的消息了，哭着

闹着要出来为先王服丧呢。"

赤怡抬起头，眼泪汪汪地看着洞外远处的山，此时正值初夜，空气中似乎还残存着夕阳的余温，她看见远处草坪有上几个穿着黑衣服的小孩。

"天下的母亲怎么会不爱自己的孩子？只可惜皇祖母不仅仅是姑姑的母亲，她还是赤族的王上。我曾经还见过皇祖母一个人在深夜里偷偷地哭过好多次。把姑母放出来吧，我相信她不会害我的。"

"可是，可是先王……"

"现在站在朝堂之上的可是我，她即使有再大的野心，又怎么敢动我？"赤怡反问道。

长公主就这样被放了出来。她一出关禁就一把抱住了赤怡，哭得泣不成声。赤怡安抚地摸了摸她的头，轻声地安慰道："姑母，回寝殿好好休息休息吧，我为你准备了晚饭。"

长公主入住回了自己的寝殿中，先王的三年服丧期结束也没有再回去。

不过赤怡仿佛已经顾不上这么多了，她整日都忙于操练士兵，以便支援星女攻打龙族。龙族自打进驻神界以来，嚣张的气焰真的是令人发指，因为他仿佛并不仅仅满足于进驻神界后其后辈拥有被封神的资格，他一统七界的野心更是愈演愈烈。

赤怡在赤琪的帮助下颁布了一系列政策，包括鼓励农作、推广仙法和仙术、训练坐骑、推广兵法，等等。这一切都为了战斗时的需求，事实上也收到了颇为不错的效果。

长公主大概是这几年被幽禁的缘故，性子也变得沉稳了许多，似乎没有之前那样嚣张跋扈了。众臣见长公主改变了很多，便也不再提陈年旧事了。

"怡儿，入夜了，今日外头一直下着雨，怕是又到了雨季了吧？天气这样潮湿，你应该点个火盆才是。"

长公主一边说着，一边用桃木枝在赤怡的身边点起一个火盆，又吩咐下人往中间滴了几滴桃花精油。一股春天的气息瞬间在洞内肆意散发开来，还飘到了玉制的窗户外面。

赤怡原是从小无父无母的，后来皇祖母把她捡了回去抚养，因为是宫殿中最小的孩子，周围几乎没有什么人愿意和她一起玩耍，皇祖母就把更多的偏爱给了她。长公主善妒，每次见皇祖母这样对她，就说皇祖母偏心。她觉得有些内疚，就常常把皇祖母留给自己的好吃的偷偷地拿给长公主吃，结果却适得其反。不过依现在看来，一家人似乎已经不计前嫌，相处得其乐融融了。

"怡儿，我听说你现在正一心练兵呢。"

赤怡顿了顿，放下手中的毛笔，呆呆地看着长公主。

"这原是皇祖母的遗言，那时候星女来找她，她也是同意了的。"

"唉，你皇祖母年岁已高，有时候做出的一些决策也是有误的，你如今是一国之君，做什么决策之前还是要细细地思量才好。"

"不知姑母有什么高见？"

"高见的话谈不上，不过我个人觉得攘外必须安内。如果我们内部乱作一团，即使发动战争，战后成了赢家，到时候星女他们反咬我们一口，我们国力虚弱，如何才能保全自己，这些你想过没有？"

赤怡的表情渐渐地严肃起来。

"不过，我也只是建议，具体的决策还是要你来决定才行。"

"那姑母觉得所谓安内，究竟该如何安内？"

"如今我们选择将领，多半是从赤族的达官贵族中选取，但其实在民间有才能的人比比皆是，不是说只有从神校学成的人才具备更出色的才能。"

"这个，确实是，但是按照赤族的传统，为官的只能是贵族，平民是没有资格的啊。"

"王上不如考虑一下岐族的政策，当年岐族也就是一个小族，但是之所以后来一时间称霸东方，很大一部分原因就在于其之前的改革，很多有才能的人都前往岐族，岐族正是由于接纳了百家的意见，国力才越来越强。"

"这……"

见赤怡略微有些犹豫不决，长公主继续说道："最重要的是，对于有些人来说，他们可以凭借着自己的努力而改变自己的命运，相信举国上下没有人不会积极上进地生活。"

赤怡点了点头。

大殿之上，赤琪坚决地反对赤怡的政策。

"攘外必先安内，不然到时候我们即使打败了对方，难保星女那一派的人不来反咬我们一口，我们要想保护自己，首先必须要自强。"

"即使改革，那也是后话。当今的局势，不是我们说不参与就不参与的，现在这种紧急的关头，我们必须要团结所有的力量以保证民心不涣散才行。"

"那星女他们反咬我们一口怎么办？"

"不会的。即使他们有这个心，刚打完仗，民众都是希望修养身心的。"

"你凭什么那么相信他们？"

"这不是相不相信的问题，是事到如今，如果我们改变，一定会触及一部分人的利益，我们没有必要在这个时候来冒这个险。况且我们的法令已经使用了这么多年，现阶段有才华的人其实更多的还是世家子弟，因为他们很小就受到了良好的教导，而那些平民的孩子即使开放了新政也需要从头学起，这对我们来说目前是没有什么益处的。"

"可我觉得那些平民家的孩子也是有权利的。"

"有权利是有权利，可现在是非常时期。"

"我希望我和历代的君主都不一样。"

"殿下，不如就信了臣吧，毕竟当年在神校您是倒数第一，而臣一直都是第一。"

"我并不觉得神校里的所有东西都是有用的。"

"神校的东西有没有用我不知道，但是臣的智力是一定没什么问题的。"

"赤琪，我告诉你，你别以为你是先皇立的臣子，我就不敢废你！"

"臣就等着殿下您这一句话了。"

"好，那你滚吧！"

大殿之上，赤怡怒不可遏。最终，她还是听从了长公主的建议，废除了刚刚颁布的法令，推行了新的政策，并且拒绝了和星女一起攻打龙族的请求。

不过让赤怡没有料到的是，长公主真的如皇祖母说的那样，她的本性是不会改的。很快，那些因为新政策改革而利益受损的老的

旧部们纷纷抱为一团，拥护长公主为王，并且起兵造反。

赤怡本来打算请求外援，但是自己之前违背约定，又有何颜面再去找星女？

眼看着反兵们就要攻打到赤族的皇宫了，赤怡急急忙忙地派侍仆们去找赤琪，希望他看在以往的情面上给自己如今的窘境出谋划策。

谁知对方就回了几个字："局势已定，恕臣无能。"

窗外战火纷飞，赤怡亲眼看着自己曾经一手栽培的将领们纷纷死在了屠刀之下。

"殿下，不如我们逃走吧？如果落入长公主的手里，我们很可能就没命了！"

"逃走？逃到哪里去？现在怕是没有一个族愿意收留我们吧？"

"那也总比待在这儿等死强啊！活着最起码还有一丝希望。"

赤怡想想也是，便和几个侍女急急忙忙从当初书瑶留下的一个隐蔽的洞穴逃跑了。

但是长公主似乎并没有打算放过她们，仍旧派人不依不饶地在后面追杀，如果不是赤怡的那些侍女们换上了她的服饰分成好几路逃跑，怕是她早就不知道死了多少回了，毕竟她的法术能力是完全保护不了自己的。

她就这样穿着睡裙徒步逃跑，细嫩的双脚早就被那些枝条磨得不成样子了，洁白的睡裙也是鲜血淋淋的，显得十分狼狈不堪。

不知道跑了多久，赤怡终于逃到一间小茅草屋子。这在赤族是十分少见的，因为绝大部分人都是住在山洞之中的，住在茅草屋子里的话，想必是十分贫困的人家了。

但是赤怡早就管不了这么多了，也顾不上什么礼节了，她破门而入，走到一个水缸旁边就咕嘟咕嘟地把嘴放在上面喝了起来。

见篮子里面还有几颗桃子，她也是想都没想就拿起大口地吃起来。吃饱了才开始环顾四周，傍晚时分，一切都暗淡下来，屋子里的光线也十分暗沉，再配上那本就没几件的老旧的家具，更是给人一种凄凉之感。窗户上没有糊纸，窗外不远处是一条小溪。

赤怡正出神地看着这一切，突然听见一阵脚步声响起，急忙转身把门偷偷地锁了起来，然后躲在窗户下面。

脚步声越来越近，终于在门前停了下来。那门被猛地一推，没有打开，对方便向窗户这边走来，向屋内察看，赤怡躲在窗户下面瑟瑟发抖，仿佛听到了自己狂跳的心声，突然那人把身子探了进来。

"哈哈哈，逃不掉了！"

由于窗户是被木头条一条条分开的，那人被卡在了窗户之中，伸手就要去探赤怡。赤怡吓得瑟瑟发抖，随手拿起水瓢向那人的头上猛地砸去。

"你们，有什么事情吗？"一个熟悉的声音突然间响起。

赤怡看向窗外，只见赤琪正在一脸不可思议地看着自己。

"赤琪，赤琪，救救我！他要杀了我。"

那个人听到身后的声音，也转过身去看。

"将军，王上最近发病了，是长公主命令我们把她追回去喂药的。"

"赤琪，不是的，不是的，他们要杀了我！"

自打先王去世之后，赤怡便有些神志不清，这是他知道的，否则她怎么会愚笨到竟然不听自己的劝解，三番五次地被长公主骗呢？

赤琪打开房门，那人便从他的旁边拖走了赤怡。

"救我！求求你，救救我！"

赤怡拉着赤琪的手，但是他并没有什么反应。

那人拽着赤怡的头发拖过了那条小溪，赤怡的身上满是伤口，被水冲洗之后，溪水很快变成了血色。那人似乎完全不顾她是赤王的身份，拽着她如同对待一个逃犯一般。

赤琪走进小屋，点燃了桌子上面的煤油灯，连鞋子都没脱便躺上了床，枕着手背，望着屋顶发呆。

"哎，真烦！"

他叹了一口气，走出门，追上带走赤怡的那个人，用灵力打得他节节后退。

"这件事情你答应过要保持中立的。"

那人倒在地上，满嘴鲜血。

"我反悔了，怎样？"

赤怡一伸手，手中便多了一把灵剑，直刺过去，那人便瞬间变成一只黑色的乌鸦，倒在了地上。

"谢谢！"赤怡说道，"你救了我，你怎么办？他们会追杀你的。"

"所以说，如果当初你在神校多学一些，我也不至于如今还来救你，甚至把自己的命都要搭进去。"

"那你怎么办？"

"怎么办？吃完桃花酥，陪你亡命天涯呗！"

赤琪无奈地摇了摇头。想当初自己家道败落，虽然被赤王收养，有幸去了神校，也一直占据着第一名的位置，但是自己注定是逃不过这个倒数第一的惩罚了。

他转身推开了小屋的门。

赤怡愣在原地,空气中满是植物被阳光晒过后散发出的暖香。四周一片漆黑,唯有小屋内有一丝暖光。

第二十八章　柳暗花明

赤怡被推下了王座，但是她的姑母却是个聪明人。她见龙族大势已去，便主动要求和星女以及支持星女的天族联合。

这赤族的长公主非常精明，想着虽然星女会一心帮她长姐遗留下来的天族的孩子，但是如果能在星女大婚之时，让和自己一直有来往的悦儿公主去揭穿她的身份，这样云峥必然会把她处死。念奴的遗子虽然是天族的太子，身份尊贵，但是也只不过还是个小孩子，必定没有自己这般会算计，这样的话，以后如果天族的太子顺理成章地成为王，那朝堂之上的实权事实上也是属于自己的。

星女和云峥大婚的日子越来越近了，龙宫上上下下的人忙得不亦乐乎。毕竟云峥是未来的神王，无论是仪仗还是礼品，都得准备得格外精细，不能出现任何差错。

后日就是结婚大典。星女此时正泡在云池之中洗浴。众神仆将星女宫殿的后花园中的玫瑰花瓣纷纷扬入浴池之中，这玫瑰原是星女刚入住时云峥命令仆人种下的。星女抬起头，看见九重天之上，五只火凤凰围绕在浴池的周围嘶鸣着。

"殿下，这是象征着您日后母仪天下。"旁边的侍女看星女呆呆地望着，解释道。

星女出浴后，左右的仆人将一件薄薄的云衣披在了她的身上。星女披散着头发走在用金丝制成的太阳毯上面，端坐在云镜前。这时，五个样貌端庄清秀的人走上前来跪拜，星女一询问，才知道她们原是龙族最有身份的五位梳头嬷嬷。那几个嬷嬷虽然面容枯老，却都长着一双如同少女一般细腻的纤纤玉手。星女如瀑布般的黑丝一会儿便被梳成了一个即使没有任何装饰仍冠压群芳的发髻。五位嬷嬷梳好头发之后便退了下去，紧接着几位年轻的女子拿来龙族最珍贵的金色后冠。那冠子上镶嵌着龙族最珍贵的黑玉，在阳光下熠熠生辉，显得尊荣无比。

那冠子虽华美，但是却一点儿都不沉重，戴在星女的头上刚好合适。

龙族的婚礼都是在夜间举行的，等到最后一丝光线从天宫中抽出之后，星女被两位礼仪姑姑搀扶了出去。

虽然大婚的时间正值龙族的夜晚，但是星女放眼望去，周围的一切都是按照神的礼制来进行的，四周一片漆黑，天上没有星子和月亮。星女被两个姑姑搀扶着一直向前走，走着走着，星女就看到不远处有几点星星点点的光亮，继续往前走，那光亮变得越来越多，走近了才知道那原是一片开着紫色花朵的梧桐树林。来自各族的人全部盛装出席，站在那片紫色的树海之中聆听林中侍女弹奏着发光的水篌箜，见星女来了，纷纷站立两边，侍女扶着星女走过那片紫色的树海。树林的那一端，云峥正一脸微笑地看着她。

神王，也就是云峥的父亲走了过来，将一串银白色的华珠戴在了星女的左手上。突然间,四周亮了起来,星子从神校外面那棵枯树上飞过来,点亮了那片紫色的树林。

"她根本不是什么樱雪,她是星女!"人群中突然响起了一阵尖叫。

云峥有些奇怪,循声而望,只见悦儿被神仆揪了出来。

"她的左手手臂上有星灵的标志。"

云峥吩咐左右上去堵住悦儿的嘴,神王却挥了挥手,示意士兵撩起星女的左襟展示给众人看,只见星女左手上的星灵正一明一灭地与周围的群星相呼应。

众人见是星族的三公主,其中一些臣子和侍仆便都跪了下来。

"你,是星女?"云峥一脸不可思议地问道。

"怎么?看不出来吗?"星女笑了笑,一挥手,将伪装术取掉,覆盖在脸上的液体瞬间消散在了空中,"当年在神校我位居第一,你应该服气的,我以为你很快就能辨识出我的易容术呢,原是我高估了你罢了。"

云峥顿了顿,转身看向身边的神王。

"父皇既然想要她体内的星灵,就不能杀掉她,那样星灵就会在她的体内破损。"

"星族早就已经被灭族,你只要把体内的星灵交出来,本王就许你在星宫度过余生。"

星女冷笑道:"我是神,而你不过是个逆贼,穿上王袍,也还是逆贼的嘴脸。神榜上至今还没有你的名字吧,神王?"

神王一脸不悦,却还是让神仆给星女松了绑,让她再一次住进了星宫,并每日好吃好喝地侍奉着,盼望她能够主动交出星灵。只要拥有星灵,他就能利用星灵回到过去,重新改写神史,将自己如何谋逆篡位之事改掉，从而名正言顺地统领七界各族。

星灵是掌管神界的一种标志。当年，天族和星族统治神界时曾立下盟约，天族执天灵掌管白昼，星族执星灵掌管星夜，两族可以各自号令一半天兵天将。如今龙族虽然已经掌管神界，却迟迟拿不到星灵，所以只能号令一半的将士，况且利用星灵还可以改变时间。如今有很多旧部仍不愿意服从他的统治，最让他头疼的是，那些从神校出来的才子才女们的态度十分清高，在了解了神史之后纷纷表示是万万不愿意入龙族为官的。这可愁坏了神王，因为这样下去的话，他迟早是要失去民心的，而唯一的办法就是利用星女体内的星灵来替他回到过去，改写神史书上的记录。

星女当然是不愿意配合的。神王一看软的不行，就下令把她关进天牢里面，下令严刑拷打她。很多神仆都不愿意走靠近天牢的那条道路，因为每次路过时，他们都会听到星女在里面凄惨的叫声。

那些神仆一边走，一边在心中默念着："罪过，罪过啊！"

天牢外边是一望无际的黑夜，不过与星宫不同的是，这里不是星河璀璨，而是乌云密布、雷声阵阵。

"殿下！"

天牢外边突然有脚步声响起，星女不用猜都知道是谁。她挣扎着清理干净嘴边的血，扶着结界的内壁站起身来。隔着结界，云峥一脸平静地望着她。

"还没想好吗？"云峥问道。

星女没说话，本想笑一笑，可是嘴角一上扬，左脸就传来阵阵剧烈的疼痛感。

云峥望着蓝色结界里的她，心里突然抽搐了一下，说不清楚是难过还是遗憾。

"你送我的珍珠粉我用完了,药盒我还留着。"他看星女没有说话,转身打算离开,突然间又停了下来,"你们星族早就回不去了,这世间沧海桑田,朝代更替,哪能是你一己之力就可以挽救得了的?"

星女看着他的背影,隔着结界,闻到了好闻的桃花香气。

"只要你自愿交出星灵,我就带你离开这里。"

云峥背对着星女,面对着云墙上自己的烛光倒影,声音突然由严厉变得温柔。

"离开这里,去哪里?"星女有气无力地问道。

"去人间,寻一片水草丰美之地,种满你最喜欢的桃花。"

星女无奈地笑出了声,她看着天牢外面电闪雷鸣的黑云,突然间喃喃道:"现在人间正值三月吧?正是桃花开满枝头的季节……可惜我看不到了。"

云峥没有说话,背对她而立,许久后说道:"我对你原是真心的。"

星女冷笑了几声:"你的真心是对那个讨好你的樱雪,不是我!"

天牢里的火光忽明忽暗地照在云峥的脸上,他站立良久后拂袖离开。

天牢里面又响起了星女的凄惨叫声,荡漾在寂静辽阔的九重天上。

赤族和天族的人见星女被关在了天牢里面,想着时机已经成熟,纷纷暗自操练兵马,准备一举歼灭龙族。星女被偷偷地放了出来,天上龙族一片大乱,龙族的将军奉命让大家赶快集合,准备应战。

星女见此混乱之状，迅速变出了一把水琼剑，向龙王飞去。

兵器碰撞的声音、人们的嘶吼声、百姓的哭喊声……飘荡在九重天之上，星女应付着周围人的进攻，恍惚之间看到一个小女孩正手足无措地站立在人群之中。眼前的一切让她突然想起以前未入驻神界时家族受到攻击的景象，那个夏季的夜晚，晚风中飘满了血腥味儿。

星女不由自主地朝那个小女孩走去。云峥看着星女缓慢地走向自己的妹妹，便向她们俩飞去。星女突然闻到了身后逐渐清晰的桃花香气，她没有任何犹豫，用剑刺穿了身后云峥的心脏，而云峥的剑也同时飞起削掉了星女的左臂。她手中的水琼剑瞬间从云端掉落，手臂上的星灵迸裂而出，星女转身被抛在了空中。

那一刻，四军静默，九霄云上，夕阳一寸一寸地跌落。

雨水伴着夕阳的最后一丝光线如期而至，星女的身体逐渐变得透明，飘浮在空中。她看着远处的星宫，那夜凉如水的星空逐渐褪去墨色，亿万年的夜色逐渐变成白色，雨水降落，远远看去，破烂不堪的苍穹如同一幅破败的水墨画。

星女的记忆随着她的身体飘散在了空中，她不明白地面上的那些人在痛苦地嘶吼着什么，因为隔着结界，她的世界里一片寂寥。

星灵逐渐散去，时空交错折叠，那一刻，她仿佛闻到了桃花的香气。

恍惚中，她看见一张纸从她的身边飘过，飘到了她曾经日日守望的星宫的窗前。

原来，楚析在传说中的人间里的林尽水源之处为她开辟了一片桃林。那年她曾经在神史课上一句无心的话，被坐在她后座的他恰巧听到，未曾想他记得如此用心……

原来，五千岁那年，她在窗口捡到的那张风中飘来的宣纸，那上面的"桃花源记"几个大字，是因为她体内的星灵破碎、时空折叠，而将云峥的道歉送到了她的窗前。

原来，其实这一切早就替她为过往道了永别。

原来，人间也没有桃花林。

她笑着消散在九重天上……

当最后一丝记忆也化为透明的血水飘散空中，人间的烟雨也悄然而落。茅草屋里，一豆烛光被窗外斜斜的雨丝打灭，桃花在夕阳里簌簌翻飞，那些细柔的雨水轻抚着那片楚析为她种植的桃林，满枝头的桃花像是得到了召唤，纷纷向天空飞去，在温暖的光线中化为薄雾。

灵婆看着店外乌云密布的空中突然下起了蒙蒙的太阳雨，心下好奇，便放下手中用来熬汤的汤勺向外看去，只见桃花在雨水中不断翻飞，不禁陷入了回忆。

第二十九章　错因错果

几亿年前，灵婆店内。

"我找到她了！我要用另一个身份和师父，还有她，重新开始新的生活。"

"我说过我不做二次买卖的，那可是犯神法的。况且人间早就退出七界，没有凡人的血统是碰不得的，这可不像你换她的来生一样，涉及人间。我得越过时间回到过去，办好还行，办不好我怕是回不来了。"

"我知道你有办法，出个价吧！"

灵婆没有说话，走在蒙满灰尘的柜台后面，吧嗒吧嗒地又开始点燃了手中的烟斗，然后意味深长地上下打量了他一眼。

"你还有什么价码吗？连容族最宝贵的海洋音都给了我，你的将军之位我可是不稀罕的。"

"你要什么价码？"

灵婆将柜台上那盏油腻的灯点亮，来到灵婆店后面。楚析也跟了上去，只见后面有几口油腻的大锅，灵婆将笼子里面的蜥蜴拿出来放了血，滴进一口锅内，那咕嘟咕嘟煮沸的热汤瞬间冷却下来。灵婆随手将那个装蜥蜴的木头笼子扔在了火堆上，那锅随即又热了起来，发出了一股奇怪的味道。

"几千亿年前，我因偷吃人间的金子而触犯了神律，被罚在这里向世人售卖他们心中想要的汤药。我寻遍了七界，治愈了别人，却找不出一剂药来让自己自由。"

楚析没有说话，看着她坐在那口大锅前，火光忽明忽灭地照在她的脸上。

灵婆转过头看了看他，突然间仰头大笑起来，发出一阵令人感到不适的咯咯声。

"告诉你个秘密，我现在找到了，不过还缺一味药剂，就是容族的永生。"她一边说，一边神色夸张地看着自己。

话刚说完，突然间又变得严肃起来，一屁股坐在后面的摇椅上。破旧的摇椅发出嘎吱嘎吱的声响。

"你把永生给我，我就送给你们她心心念念的桃花源如何？"

楚析站起来，望着窗外乌云密布的天，轻声地问道："怎么个给法？"

"她原本还是记得你的，也是恨你入骨的，定会想办法杀了你和龙族的太子。但是凭她一己之力一定会输，神王一定会要她体内的星灵，凭星女的脾性她一定会自戕，这样一来星女体内的星灵会破掉。那样的话时空折叠，我就能回到过去，给她汤药，这样就能改变后来，你们可以一起生活在桃花源里，我也能留在人间大快朵颐了。"

楚析没有说话，静静地看着那口大锅。

"我保证,这一次她一定会忘记你们全部不愉快的过往,踏踏实实地做你的妻子。"

楚析笑了笑,声音突然变得很温柔。

"好,那我就赌一次。"

锅子里发出咕嘟咕嘟煮沸的声音,把灵婆的思绪一下子拉了回来。她慢吞吞地往锅里下入了各种食材,心满意足地盯着那口大锅。等到浓郁的香气逐渐开始四溢,灵婆又慢吞吞地把锅内的汤汁舀到了一只破旧的碗里面。她干完这一切便急匆匆地向屋外走去。

"快走,快走!再晚来不及了!"她一边端着汤,一边对着那顶破轿子旁边几只打瞌睡的螳螂说道。

那几只螳螂站起来,揉了揉眼睛,那轿子便像风一样消失在了蒙蒙细雨中。

灵婆找了好久,才在几亿年前的鬼族夜市上找到了星女,只见她垂头丧气地耷拉着脑袋走在鬼群中。

灵婆没有时间考虑,急匆匆地施法让她来到了自己的轿子前。见她不愿意喝下自己手中的汤,便也不想再浪费时间,干脆让那几个隐了身的轿夫强制喂她喝了下去。灵婆打量了几眼站在她跟前这个美貌的小姑娘,便笑着吧嗒吧嗒地抽着烟消失在了鬼族的街道中。

回到屋内,屋子里的锅子上面还炖着汤药。灵婆一边哼着歌,一边靠在油腻的案板上望着远处的桃花细雨发呆。

她马上就可以再去人间吃她垂涎已久的金块儿了,她永远都忘不了那浓郁鲜香的金属味道。灵婆一边哼着歌,一边打开锅盖,转身想往里面加些佐料,一转头却突然看到一片桃花瓣掉落在了锅中。灵婆先是一愣,可是伸手阻止已经来不及了,眼见着那片花瓣融入了浓汤之中。

灵婆的脸上露出了半面讥笑半面哭泣的表情，她低声咒骂了一句，把汤匙扔进了锅里，气急败坏地躺在摇椅上，拿扇子蒙在脸上，咿咿呀呀地唱着……

"坏了我一锅汤啊坏了我一锅汤，何日才能再去寻得这般药引子啊药引子？可惜了啊可惜啊……"

遥远处的桃花在夕阳里簌簌纷飞，仿佛流光里荡漾开的一个个美丽的梦。

众人抬头思量：这里，何来的桃花？

烟雨过后，雨过天晴，一切都化为了乌有。

后来，

太守即遣人随其往，寻向所志，遂迷，不复得路。

南阳刘子骥，高尚士也，闻之，欣然规往。

未果，寻病终，后遂无问津者。

后　记

云峥死后，赤族的长公主扶持天族太子成为七界的首领。太子上位三十年后，发动政变，软禁了赤族的长公主，成了名副其实的神界的首领。

四十年后，人间午后。

云峥因为体内有一半凡人的血液，所以在其神灵消散之后流落人间，得以转世。

街角的一间酒馆被温暖的阳光照耀着，淡红色的漆木上发出同样温暖的光，窗外偶尔传来吆喝卖饼之类的嘈杂的声音。

酒馆的二楼，一位客人正倚着栏杆，半微醺地享受着春日里的阳光。

"这事儿是真的吗？"

"不会有假，后来刘子骥都去了，但是没有发现。"

那位客人听到旁桌人的谈话，不由得转过身竖耳倾听。

"哎，要是咱们也能寻得那一块儿风水宝地该有多好！"

"我怀疑那里一定是哪路神仙待过之地，否则怎么一夜之间便不见了踪影？"

邻座的两位客人一边说，一边离开了座位。而那位倚栏的客人再一次向窗外望去。栏杆外面的桃花开得正好。他端起酒杯将美酒一饮而尽，独自思量了一会儿，便向店小二要来一页宣纸，草草写上几笔后便趴在桌子上沉沉地睡去。

微风轻轻地拂起他的衣袖，空气中满是初春特有的清香。他身边的那张纸也被风轻轻吹起，飞到了小酒馆外面的桃花树下。

只见那纸上赫然几个大字：桃花源记。

"桃花源记"旁边是几个清秀的小字：字，原谅。

桃花树下的积水打湿了那张纸，只见"原谅"二字模糊成为"字，元亮"。

桃花簌簌地落在纸上边，之后又被迟来的清风吹向空中，连同那张满是桃花香气的宣纸，也随风向深空飘去……

原来人间的夕阳真的是一寸一寸落去的，伴随着街角铁匠打铁的声音……